Friedrich Gerstäcker

Herrn Mahlhubers

Reiseabenteuer

Eine satirische Erzählung

Friedrich Gerstäcker: Herrn Mahlhubers Reiseabenteuer. Eine satirische Erzählung

Erstdruck: Leipzig, F. A. Brockhaus, 1857.

Neuausgabe mit einer Biographie des Autors
Herausgegeben von Karl-Maria Guth
Berlin 2020

Der Text dieser Ausgabe wurde behutsam an die neue deutsche Rechtschreibung angepasst.

Umschlaggestaltung von Thomas Schultz-Overhage unter Verwendung des Bildes: Niels Simonsen, Abfahrt einer Bayerischen Eilpostkutsche, um 1845

Gesetzt aus der Minion Pro, 11 pt

Die Sammlung Hofenberg erscheint im
Verlag der Contumax GmbH & Co. KG, Berlin
Herstellung: BoD – Books on Demand, Norderstedt

ISBN 978-3-7437-3846-1

Bibliografische Information der Deutschen Nationalbibliothek

Die Deutsche Nationalbibliothek verzeichnet diese Publikation in der Deutschen Nationalbibliografie; detaillierte bibliografische Daten sind im Internet über www.dnb.de abrufbar.

Inhalt

1. Der Kommerzienrat

In einem gemütlichen Städtchen Bayerns – und alle Städte und Städtchen Deutschlands sollten eigentlich den Gesetzen nach gemütlich sein – lebte still und zurückgezogen der Held unserer Geschichte.

Herr Hieronymus Mahlhuber war ein anspruchloser Mann, der sich schon seit länger als fünfzehn Jahren mit dem Titel eines Kommerzienrats und im Besitze eines Ludwigskreuzes nach Gidelsbach zurückgezogen hatte und hier mit einer alten Haushälterin still und ruhig seine Tage verlebte. Was er einmal früher getan, den Titel wie den Orden zu bekommen, hat man nie erfahren. Manche, und besonders die äußerste Linke in Gidelsbach (der Müller und der Bader), wollten behaupten, er hätte beides bekommen, weil er nichts getan, aber da sich das nicht denken ließ, so fand es auch keinen Eingang bei dem denkenden Teile der Bürgerschaft. Die Einwohner von Gidelsbach sahen den kleinen wohlbeleibten ältlichen Herrn sogar mit einer so viel größeren Ehrfurcht und Achtung an, weil eben über seinen Verdiensten ein gewisses geheimnisvolles Dunkel lag, und zu diesen gehörte jedenfalls und unbestritten, dass er nur selten davon sprach.

Von etwas sprach er aber, das übrigens auch ein besonderes Interesse für ihn haben mochte, da es ihm am nächsten stand, und das war seine Leber, die er, ob gegründet oder ungegründet, in den Verdacht gebracht hatte, dass sie drei Zoll zu groß sei und in ihrer Anschwellung darauf hinarbeite, ihm den Magen abzustoßen.

Die beiden Ärzte im Städtchen waren darüber, wie sich das auch nicht anders erwarten ließ, durchaus entgegengesetzter Meinung, wodurch der eine, der eine derartige Krankheit vollkommen ableugnete und das Leiden zuerst als eine Indigestion und nachher für alberne Einbildung erklärte, einen sehr guten Kunden verlor, und der andere, der durch Klopfen und Horchen an Brusthöhle, Rippen, Schultern und allen andern Körperteilen des Kommerzienrats allerdings einige jedenfalls zu berücksichtigende und bedenkliche Symptome einer möglichen roten oder gelben Hypertrophie oder einer speckartigen Entartung der Leber gefunden haben wollte, ihn gewann.

Herr Kommerzienrat Mahlhuber war sehr besorgt um sein Leben im Allgemeinen wie um seine Leber im Besondern, und das muss ihn

entschuldigen, wenn er mit dieser angeblichen unnatürlichen Vergrö-
ßerung derselben auch eine früher gehabte, leicht und glücklich operierte Balggeschwulst oben auf dem Kopfe in Verbindung brachte. Er
hatte eine natürliche Scheu vor allen derartigen Dingen, und die sonst
ganz unschuldige Geschwulst war ihm als das Entsetzlichste erschienen,
was sich an dem menschlichen Körper nur überhaupt bilden konnte,
da es, in unmittelbarer Nähe mit dem Gehirn, in seinen Folgen unbe-
rechenbar sein musste.

Bei weiter gar keiner Beschäftigung als eben nur der, sein ihm äu-
ßerst kostbares Leben zu erhalten, malte er sich die Entwicklung solcher
Leiden mit den lebendigsten Farben aus, und war endlich zu dem Resultat gekommen, dass eine Vereinigung der Balggeschwulstnerven mit
der Leber keineswegs zu den Unmöglichkeiten gehöre, ja dass oben
sogar auf dem Kopfe, trotz der vollkommen geheilten Narbe, ein ähn-
licher Schaden wieder ausbrechen und krebsartige Folgen mit sich
führen könne.

Doktor Mittelweile tat sein Möglichstes, ihm derartige Ideen auszu-
reden und ihm zu beweisen, dass er ebenso leicht einen Krebs an der
äußersten Nasenspitze wie an der vernarbten und vollkommen geheilten
und von ihm selbst operierten Geschwulst erwarten dürfe; Doktor
Märzhammer aber, sein früherer Arzt, machte sich ein Vergnügen
daraus, unter der Hand, wo er wusste, dass es dem Kommerzienrat zu
Ohren kommen musste, zu verbreiten, »die Naht könnte im Innern
noch einmal eitern«.

Doktor Mittelweile, der vergebens gegen solchen Unsinn ankämpfte
und täglich die alten Geschichten und Klagen mit dem vollkommen
gesunden Manne durchzuarbeiten hatte, wusste endlich keinen andern
Rat als ihn auf Reisen zu schicken, weniger in ein bestimmtes Bad zu
gehen, als nur einmal einen Monat in der Welt umherzufahren. Sein
Patient brauchte Zerstreuung, und die konnte er in dem mit der Welt
in fast gar keiner Verbindung stehenden Gidelsbach nimmermehr
finden. Er war hier versauert und eingetrocknet und musste hinaus an
die frische Luft. Auch für die Leber prophezeite er ihm dabei die se-
gensreichsten Folgen, da nichts ein unnatürliches Wachsen der Leber,
wie man das ja auch an den Gänsen sehe, so befördere, wie Untätigkeit
und gehemmte Bewegung.

Doktor Mittelweile hatte nun aber mit einer andern Schwierigkeit zu kämpfen, mit dem vor allem die Ruhe liebenden Temperament des Patienten. »Nur keine Aufregung! – Nur keine Übereilung!« wurden seine Wahlsprüche, und wenn er irgendetwas auf der Welt, außer Demokraten, hasste, so waren es Abenteuer, zu denen er selbst die unschuldigsten Fälle rechnete, sobald sie ihn nur aus dem gewöhnlichen Gleise seines stillen behaglichen Lebens hinausbrachten. Musste er da nicht eine Reise als eine Kette von Abenteuern betrachten, und hätte er sich je selber freiwillig dazu entschließen können? – Nimmermehr.

Es gab nur einen Gegenstand – wie Doktor Mittelweile recht gut wusste – in der weiten Gotteswelt, der ihn endlich wirklich zu einem solchen verzweifelten Entschlusse treiben konnte, und der war – eben die Leber. Hinter diese steckte sich der Doktor, und die Symptome wurden denn auch bald so bedenklicher Art, dass der Kommerzienrat in seinem »baumfesten« Entschlusse, wie er ihn nannte, wirklich wankend gemacht wurde und die Möglichkeit zuzugeben anfing, dass er doch am Ende reisen könne.

»Es gibt nur zwei Wege für Sie«, hatte der Doktor, dem die Geschichte nachgerade anfing langweilig zu werden, am Ende einer langen Rede einmal zu ihm gesagt. »Sie müssen sich in einen Wagen setzen, oder Sie werden in einen gesetzt, oder vielmehr gelegt nach unsern jetzigen christlichen Begriffen. Außerdem weiß ich noch nicht einmal, ob das allein für Sie hinreichend sein wird, denn das dumme Zeug, was Sie sich von der ›umwundenen Naht‹ haben in den Kopf setzen lassen (und ich kann mir recht gut denken, woher es kommt), wird auch die Reise nicht ganz mit der Wurzel ausrotten, dazu gehört schon eine Radikalkur.«

»Noch etwas Schlimmeres als eine Reise?«

»Schlimmeres? – Ja und nein, wie Sie wollen.«

»Und das wäre?«

»Sie müssen heiraten.«

»Heiraten?«, rief der Kommerzienrat, mit einem Satze aus seinem Lehnstuhl hinausspringend und einen scheuen Blick nach der Tür werfend. Wenn Dorothee das Wort gehört hätte!

»Heiraten«, bestätigte aber der Doktor, der selbst zum ersten Male an einen solchen Ausweg gedacht und nun tat, als ob er sich das Für und Wider schon monatelang mit allen Gründen und Hindernissen überlegt und die Eröffnung nicht länger auf dem Herzen hätte behalten können. »Heiraten«, wiederholte er noch einmal, und nahm eine langsame bedächtige Prise. »Und je eher Sie sich dazu entschließen, desto besser für Sie. Viel Zeit haben sie überhaupt nicht mehr damit.«

»Unsinn!«, sagte der Kommerzienrat, der sich von dem ersten Schreck erholt hatte, und wieder in seinen Stuhl sank. »Heiraten? Fragen Sie einmal meine Dorothee, was die dazu sagen würde.«

»Dorothee?«, rief der Doktor unwillig und verächtlich mit dem Kopfe schüttelnd. »Dorothee! – Was geht uns Ihre Dorothee an, wenn es sich um Ihre lebenslängliche Behaglichkeit und Gesundheit handelt?«

»Behaglichkeit? – Ja das kann ich mir denken«, sagte der Kommerzienrat. »Dass ich die Hölle im Hause hätte? – Nein, Doktor, meine Leber will ich Ihnen anvertrauen, aber meinen Hausfrieden nicht. Wenn es denn nun einmal nicht anders sein kann, so will ich reisen – meinetwegen; ich gehe so und so zugrunde; aber wie? – Wohin? – Womit? – Wie weit?«

»Sie müssen vor allen Dingen fahren«, sagte der Doktor rasch, und klug genug, sein zweites Mittel für den Augenblick nicht mit Gewalt erpressen zu wollen. »Zeit bricht Rosen, und wenn Sie sich hier morgen früh auf die Post setzen, können Sie übermorgen mit dem Sechsuhrzuge die Wahl zwischen den Weltgegenden haben, die Sie besuchen wollen.«

»Eisenbahnen!«, seufzte der Kommerzienrat. »Ich kenne kein unbehaglicheres Gefühl auf der Welt, eine Operation ausgenommen, als sich auf eine Eisenbahn zu setzen. Die unerwarteten Fälle, die da vorkommen: Zusammenrennen der Lokomotiven, Platzen der Kessel, Einschneien der Züge –«

»Wir sind ja mitten im Sommer.«

»Nun ja, aber alle derartigen Aufregungen, die junge leichtsinnige Menschenbilder Abenteuer nennen, sind mir in innerster Seele verhasst, und wenn Sie sich dadurch eine Heilung meiner Krankheit versprechen, haben Sie vorbeigeschossen. Ich fürchte, diese werden meinen Zustand eher, wenn das überhaupt möglich ist, verschlimmern.«

»Lieber Kommerzienrat«, beruhigte ihn der Doktor, »Sie haben in unserer Zeit auf einer Eisenbahn nicht mehr Abenteuer zu fürchten wie oben auf dem Kanzleigericht; es geht alles seine trockene, eingefahrene, pedantische Bahn. Wenn Sie den Zug nicht versäumen, brauchen

Sie nicht zu glauben, dass Ihnen irgendetwas Außergewöhnliches passiert.«

»Also morgen!«, stöhnte der Kommerzienrat; und »Gott sei Dank!«, sagte Doktor Mittelweile mit einem tiefen Seufzer, als er die Treppe hinabstieg. »Haben wir ihn doch erst einmal so weit.«

2. Die Vorbereitungen zur Reise

Der Tag war ein geschäftsreicher im Mahlhuber'schen Hause, denn es galt einen Menschen zur Reise herzurichten, der die Welt, wie diese von ihm nichts wusste, fast ganz vergessen hatte und von seinen Bequemlichkeiten, die er alle hinter sich lassen sollte, so unzertrennlich zu sein schien, dass sie ihm ebenso viele notwendige und fast unerlässliche Bedürfnisse geworden waren.

Frau Dorothee, die sechsundfünfzigjährige Haushälterin, wollte sich aber fast noch weniger hineinfinden als ihr Herr; sie schimpfte auf den Doktor, der, wenn er Ferien haben wollte, selber verreisen und nicht ihren armen Herrn »in Wind und Wetter« hinausschicken sollte, und weigerte sich im Anfange hartnäckig, auch nur einen Finger zu rühren, ihn »in sein Unglück« selber mit hineinstoßen zu helfen. Erst als sie sah, dass all ihr Protestieren erfolglos blieb, erklärte sie plötzlich, »in dem Falle sei es ihre Pflicht«, selber mitzufahren, den armen Herrn nicht ohne eine zuverlässige Stütze den Weltstürmen preiszugeben, und als auch das nicht angenommen wurde, wollte sie wenigstens einen Bedienten durchsetzen, den sie als unausweichbare Bedingung ihrer Einwilligung zu einem so tollkühnen, ungerechtfertigten Unternehmen stellte.

Dieser Bediente war ein Vetter von ihr, den sie auch ohne Weiteres bestellte, um gleich beim Packen hilfreiche Hand zu leisten. Aber selbst der Vetter fand keine Gnade vor des Kommerzienrats Augen. Herr Mahlhuber war nun einmal fest entschlossen, allein zu reisen, und – hatte dabei auch seine ganz besondern Gründe. Sollte er sich einen Menschen aufhängen, der nachher jede Bewegung, die er da draußen gemacht, jede Ungeschicklichkeit in den fremden Sitten (und er war klug genug, solche zu fürchten) genau und ausführlich mit nach Gidelsbach zurückbrachte und den Leuten in der Schenke Stoff zum Lachen und Maulaufreißen gab? Nein, er wollte sich still in einen Postwagen setzen und fahren, wohin blieb sich gleich, ja, wenn es unbemerkt geschehen konnte, vielleicht eine Zeit lang herüber und hinüber, von Station zu Station, um nur nicht zu weit fortzukommen; doch das fand sich alles später und er konnte darüber schalten und walten wie es ihm gut dünkte – wenn er nur allein war.

Auch inkognito wollte er reisen. – Mahlhuber! Der Name ging schon, es gab verschiedene Mahlhuber, in Gidelsbach sowohl wie in der Umgegend, aber den Kommerzienrat musste er verheimlichen. Schlechtweg Mahlhuber, mit dem Ludwigskreuz jedoch, denn das durfte er nicht aus dem Knopfloch lassen, es hätte das als eine Missachtung angesehen werden können; aber er trug es am Frack und den Oberrock darüberhin, sodass es wenigstens nicht unnötig auffiel.

Eine Schwierigkeit zeigte sich aber doch noch. Der Kommerzienrat hatte Dorothees wie ihres Vetters Begleitung pariert, wie überhaupt in der ganzen Verhandlung eine sonst nicht so stark an ihm hervortretende Willensfestigkeit gezeigt; eins aber trug die wackere und um ihren Herrn wirklich besorgte Wirtschafterin noch auf dem Herzen, auf dem sie bestand und gegen das Herr Mahlhuber vergebens ankämpfte. Dieser sollte nämlich, seiner größeren Sicherheit wegen, ein paar alte Pistolen, die bis jetzt friedlich, jeden Sonnabend sauber abgescheuert, über seinem Bette gegangen hatten, mit auf die Reise nehmen, etwaigen Gefahren und Abenteuern, die gar nicht ausbleiben könnten, zu begegnen, und all sein Sträuben dagegen und Ärgerlichwerden half ihm nichts. Vergebens erklärte er Dorothee, dass er keinen Fuß vor die Tür setzen würde, sobald er die geringste Ahnung von einem in jetziger Art zu reisen ganz unmöglichen Abenteuer habe, und Räuber gäbe es nicht mehr, dank der wohltuenden Menge von Gendarmen und Polizeidienern überall, wohin ein ruhiger Staatsbürger seine Bahn lenken möge; wozu also sich mit einer höchst unbequemen Waffe schleppen, die, wenn nicht geladen, vollkommen nutzlos und beschwerlich, wenn aber geladen, sogar für den Träger selber gefährlich werden könnte? Dorothee gab nicht nach; sie hatte erst kürzlich eine furchtbare Geschichte gelesen, dass ein Reisender durch einen rechtzeitigen Pistolenschuss sein eigenes Leben wie das seiner Reisegefährtin, eines jungen unschuldigen Mädchens, gerettet habe, und versicherte sich alles gefallen lassen zu wollen, wenn der Herr Kommerzienrat nur eben in der einen Sache nachgeben würde.

Beide kamen zuletzt zu einem Kompromiss, wonach sich der Kommerzienrat Mahlhuber erbot und verpflichtete, ein Pistol – das andere sollte unangefochten an der Wand hängen bleiben – ungeladen in die Tasche zu stecken und mitzunehmen. Er wollte es erst in den Koffer tun, und Dorothee wollte es geladen haben; zuletzt vereinigten sie sich zu der angegebenen Art, und die Sache schien abgemacht.

Wenn aber der Kommerzienrat die Sache solcherart für erledigt hielt, hatte Dorothee doch eine andere Ansicht davon und nicht umsonst ihren Vetter bei der Hand, den geliebten Herrn, selbst gegen seinen Willen, mit jeder nötigen Vorsicht zu schützen und zu bewahren. Balthasar bekam, mit zwei und einem halben Silbergroschen eine ordentliche Ladung Pulver und Blei zu besorgen, das Pistol überliefert und kehrte nach einer Viertelstunde etwa völlig befriedigt damit zurück.

»Und hast du es wirklich ordentlich geladen, dass es auch losgeht, wenn das schlechte Gesindel den Wagen anhalten sollte?«, sagte Dorothee und besah misstrauisch den Lauf der kleinen blankpolierten Waffe.

»'s ist eine kleine Handvoll Pulver drin«, versicherte der Bursche, »und eine kleine Untertasse voll Schrot – wer das auf den Pelz kriegt, kann sich gratulieren.«

»Aber da oben ging immer noch etwas hinein«, sagte die Alte, misstrauisch den kurzen, nicht ganz gefüllten Lauf betrachtend, halb und halb mit dem Verdacht, dass der Vetter die zwei und einen halben Silbergroschen nicht ganz verwandt haben könnte für die Ladung.

»Wenn's zu weit nach vorn käme, sähe er's«, sagte der Vetter, und Dorothee begriff, dass er recht hätte. Das Pistol, ein altes Familienstück und noch mit Feuerschloss, wurde dann vorsichtig wieder an seine Stelle neben den Regenschirm, den Stock und das Sitzkissen gelegt, und die würdige Frau fühlte sich jetzt wohl und beruhigt in dem Gedanken, alles getan zu haben, was in ihren Kräften stand, sich später keine Vorwürfe und Gewissensbisse machen zu dürfen.

Da übrigens der Herr Kommerzienrat nur höchstens 14 Tage auszubleiben gedachte, hielt man auch drei Koffer mit Hutschachtel und Reisesack für völlig genügend, alle die notwendigsten Gegenstände wenigstens mitzuführen, die nun einmal unbedingt zu Leben und anständiger Kleidung gehörten. Um zehn Uhr abends, bis zu welcher Zeit er jedes Mal zu Bette ging, mochte er sich befinden wo er wollte, war alles beendet, am nächsten Morgen elf Uhr mit der königlichen Eilpost für so und so viel Taler Fahrgebühren und etwa das Dreifache an Überfracht nach Burgkunstadt befördert zu werden, von wo er sich entschlossen hatte, die Eisenbahn zu benutzen, um nach München zu gelangen.

Nun war die Post dazu bestimmt, sich am nächsten Morgen dem ersten Zuge nach der Hauptstadt des Landes anzuschließen, aber Herr Mahlhuber hätte dann die Nacht durchfahren müssen, etwas, was ihm nicht im Traume einfiel; er wollte seine Gesundheit nicht mutwillig zum Fenster hinauswerfen. So sich genau erkundigend, welche Station der Postwagen etwa um neun Uhr abends erreichen würde, dort ein gehöriges Abendbrot zu bekommen und zu übernachten, nahm er bis dorthin Passage, und als der Eilwagen von … kommend, zehn Minuten vor elf etwa unter dem schmetternden »Ei du lieber Augustin« des Postillions durch Gidelsbach rasselte, die Pferde zu wechseln und etwaigen Passagieren Gelegenheit zu geben eine Tasse sehr dünne Bouillon zu trinken, ging Herr Kommerzienrat Mahlhuber, von seinem ganzen Gesinde wie der nächsten Nachbarschaft und einigen Neugierigen begleitet, auf die Post, wo er schon seinen Schein gelöst, sein Gepäck abgeliefert hatte, und setzte sich auf seine Nummer, die linke Ecke des Rücksitzes, Nr. 2, neben eine etwas stattliche und wohleingepackte Dame mit grünseidenem Hute und schwarzem Schleier. Gleich darauf nahm noch ein anderer, trotz des warmen Wetters in einen großen wollenen Schal eingepackter Herr den dritten Platz in der rückwärtsfahrenden Ecke ein, den übrigen Teil mit Nr. 4 und 6 für die diversen Hutschachteln, Kästchen, Bündel und Necessaires der Dame freilassend, die hier alles aufgehäuft und in Besitz genommen hatte.

3. Erstes Abenteuer

Der Abschied war genommen, der Kommerzienrat hatte sich aber schon vorher ernstlich von Dorothee sowohl wie von seinen ihn begleitenden Bekannten den Titel verbeten, und Herr Mahlhuber, wie er jetzt schlechtweg hieß, war eben noch einmal im Wagen aufgestanden, sein Rücken- oder Sitzkissen anders zu ordnen, als die Peitsche des Postillions mit kräftigem Schwunge die eingespannten Pferde traf und diese so rasch und plötzlich anzogen, dass sich der darauf ganz Unvorbereitete mit einem Schwung und Wurf auf den Schoß des Fremden setzte.

»Bitte tausend Mal um Entschuldigung!«, rief er, so rasch ihm das möglich war, wiederaufschnellend den eigenen Sitz einzunehmen und eine verbindliche Verbeugung gegen den Fremden machend, die beinahe für die Dame verderblich geworden wäre. »Ich dachte gar nicht, dass wir so schnell abfahren würden; es kann kaum elf Uhr sein.«

Der Fremde erwiderte kein Wort; er hatte erst die Brauen finster zusammengezogen, aber ein Blick auf den Mann selber mochte ihm wohl sagen, mit wem er es hier eigentlich zu tun habe. So sein Gesicht nun wieder in die frühern ruhigen Falten legend, sah er still und ernst gerade auf die ihm gegenüberbefindliche Nr. 2, als ob der Herr Kommerzienrat gar nicht in der Welt gewesen wäre.

»Setzen Sie sich nur um Gottes willen erst einmal hin« sagte die Dame, die indessen die Hand schützend vorgehalten hatte und jeden Augenblick einen ähnlichen Überfall wie auf den Fremden erwartet zu haben schien, »meine Nerven sind so schon so aufgeregt und angegriffen.«

Herr Mahlhuber drehte sich rasch nach der schönen Sprecherin um, und diesmal brachte ihn das Straßenpflaster mit einem plötzlichen Ruck gerade und glücklicherweise in seinen eigenen Sitz; das furchtbare Rasseln und Schütteln des Wagens unterbrach oder verhinderte dabei vielmehr auch jede nur mögliche Unterhaltung. Es ließ sich kein Wort verstehen und die Passagiere drückten sich schweigend in ihre verschiedenen Ecken und sahen die niedern Häuser von Gidelsbach, der Kommerzienrat mit einem eigenen Gefühle stiller Wehmut, die andern beiden vollkommen gleichgültig, an sich vorübergleiten.

»Ach, dürfte ich Sie wohl bitten, das Fenster dort an Ihrer Seite aufzuziehen«, brach die Dame endlich das Stillschweigen, als sie die letzten Häuser von Gidelsbach hinter sich gelassen und die Luft frei und frisch über die blühenden Saatfelder herüberstrich, »ich leide so sehr an Zähnen und fürchte, dass mir der Luftzug schaden könnte.«

Der Fremde gegenüber rührte und regte sich nicht, und der Kommerzienrat sah erst die Dame und dann sein Vis-à-vis etwas bestürzt an; er hatte die stille Hoffnung gehegt die Erlaubnis zu bekommen, eine Gidelsbacher Zigarre anzuzünden, und wenn das Fenster, die wundervolle warme Luft draußen gar nicht in Betracht gezogen, geschlossen wurde, war daran nicht mehr zu denken.

»Wollen Sie nicht so gut sein und das Fenster da bei sich zumachen«, sagte die Dame wieder, ohne ihm lange Zeit zum Überlegen zu gestatten, mit etwas lauterer Stimme, als ob sie fürchte, dass er am Ende schwer höre, »ich kann die Luft nicht vertragen.«

»Aber, Madame, bei diesem wundervollen Wetter«, wagte der Kommerzienrat eine oberflächliche Bemerkung, die ihm jedoch nichts half, denn die Dame, von etwas resolutem Charakter und wahrscheinlich schon mehrfach auf Reisen gewesen, stand einfach auf, bog sich über ihren etwas scheu zurückweichenden Nachbar hinweg, stützte sich mit der linken Hand gegen den Fensterrahmen und zog die Scheibe selber in die Höhe. Es war Herrn Mahlhuber dabei fast so als ob sie etwas vor sich hingemurmelt hätte, was gerade nicht wie ein Segen klang, er konnte es aber nicht genau verstehen und war auch wirklich durch die entschiedene Bewegung viel zu sehr überrascht, recht darauf zu achten.

Jede möglich gewesene Unterhaltung schien dadurch wieder ins Stocken zu geraten, und während der Mann ihm gegenüber – mutmaßlicherweise ein Engländer – stumm zu sein schien, zog die Dame aus einem großen, inwendig mit grünem Wachstaft gefütterten Kober eine Anzahl Viktualien, gestrichene Semmeln, Wurst, Käse und gebratenes Huhn, heraus und begann ihre Mittagsmahlzeit, auf der nächsten Station wahrscheinlich die Table d'Hôte, wozu der Kondukteur gewöhnlich zehn Minuten Zeit gestattete, zu ersparen.

Der Kommerzienrat fügte sich in sein Schicksal, rückte sich zurecht, lehnte den Kopf hinten an, entschuldigte sich bei seinem Vis-à-vis, von dem er wieder keine Antwort bekam, wenn ihn vielleicht seine Füße genieren sollten, faltete die Hände im Schoß, schloss die Augen und versuchte einzuschlafen, was er auch glücklich in demselben Augenblick zustande brachte, als der Postillion blies, der Wagen anhielt, der Kondukteur den Schlag aufmachte und hereinrief, dass hier Mittag gemacht würde und die Passagiere »gefälligst aussteigen möchten«.

Der Fremde stand ohne Weiteres auf, dem Rufe Folge zu leisten – es konnte doch am Ende kein Engländer sein, denn er schien das Deutsche vollkommen gut verstanden zu haben – trat dem Kommerzienrat auf die Hühneraugen ohne sich zu entschuldigen – es war doch am Ende einer, – und verließ den Wagen, sein Mittagsmahl einzunehmen, während sich die Dame, als der Kommerzienrat noch unentschlossen stand, was zu tun, den Wagenschlag wieder zumachen ließ, der gefürchteten Zahnschmerzen wegen. Bis er sich besonnen hatte vergingen mehrere Minuten, und wie er zuletzt doch noch einmal öffnen ließ und hineinging, behielt er dort eben noch Zeit, seine Table d'Hôte mit einem halben Taler zu bezahlen und zu finden, dass die Suppe zu heiß zum Essen sei, als der Postillion auch schon wieder zum Aufbruch blies und der Konducteur mit einem »Es ist die höchste Zeit, meine Herren« die Tür aufriss.

»Nach Tisch«, wie es Herr Mahlhuber jetzt nannte, war er gewohnt sein Schläfchen zu halten, und wenn er auch um das Essen selber gekommen, erschien ihm das nicht als genügender Grund, sich auch um den Schlaf zu bringen. So alle seine frühern Vorbereitungen wiederholend, gelang es ihm diesmal wirklich, seine Wagenecke zu behaupten, und erst die Sonne, die schräg durch das Wagenfenster herein und ihm gerade auf die Augen schien, weckte ihn wieder aus seinem süßen Schlummer, dem er sich wohl zwei volle Stunden lang hingegeben.

»Ach, dürfte ich Sie wohl bitten, das Fenster da in die Höhe zu ziehen?«, waren die ersten Laute, die an sein noch traumtönendes Ohr schlugen, als er erwachte, und als er etwas erstaunt um sich schaute – denn er hatte bis dahin steif und fest geglaubt, er liege zu Hause auf dem Sofa, und wunderte sich, welches Fenster Dorothee in die Höhe gezogen haben wollte –, stieß ihn seine schöne Nachbarin leise an und setzte flüsternd hinzu: »Der Herr da drüben muss taub sein oder kein Deutsch verstehen, denn nicht allein, dass er sich weder rührt noch regt, wenn ich ihn um etwas bitte, nein, er zieht auch das Fenster jedes Mal ebenso schnell wieder herunter, wie ich es in die Höhe bekommen kann – er nimmt nicht die mindeste Rücksicht auf meine Nerven.«

»Der Barbar!«, sagte der Kommerzienrat, während er seufzend ihre Bitte erfüllte, er durfte sich doch nicht in eine Kategorie mit einem solchen Menschen stellen lassen. Durch diesen kurzen Wortwechsel waren aber auch die Schranken gefallen, die sich bis dahin einer Kon-

14

versation hemmend in den Weg gestellt zu haben schienen. Herr Mahlhuber schielte nach seiner Nachbarin hinüber, die den Schleier jetzt in die Höhe gelegt, und wenn auch nicht mehr ganz junge, doch regelmäßige, fast hübsche Züge hatte, und sagte mit einem etwas bedenklichen Kopfschütteln (der andere Passagier schlief gerade oder hielt wenigstens die Augen geschlossen, und er konnte eine solche Bemerkung vielleicht wagen): »Ja, das Reisen ist mit vielen Unannehmlichkeiten verbunden.«

»I nun, das weiß ich gerade nicht«, erwiderte die schöne Nachbarin, ihr Tuch wieder von der Backe nehmend, sobald das Fenster befestigt war, »ich freue mich immer drauf, wenn ich einmal wieder hinauskomme; nur der Postwagen kommt einem so langweilig vor, weil man die Eisenbahn jetzt gewohnt ist.«

»Ja!«, sagte Herr Mahlhuber. Er war noch nie auf einer Eisenbahn gefahren.

»Mir ist Reisen ein Vergnügen«, sagte die Dame.

Herr Mahlhuber stöhnte, denn das erinnerte ihn an den traurigen und ernsten Grund, der ihn aus seiner Heimat vertrieben, und er erwiderte leise und kopfschüttelnd:

»Ach, ich wollte, ich könnte das auch von mir behaupten, aber eine Sache hört auf, ein Vergnügen zu sein, sobald sie uns einmal vom Arzte anbefohlen wird.«

»Sind Sie krank?«, fragte die Dame teilnehmend.

»Krank?«, wiederholte Mahlhuber und atmete leicht auf, denn das Gespräch betrat ein Gebiet, auf dem er sich zu Hause fühlte. »Krank? – Ja und nein; krank kann man eigentlich nicht sagen, – haben Sie schon von großen Lebern gehört?«

»Großen Lebern? Gewiss – die Straßburger sollen die besten sein, aber meine Schwägerin hat eine solche Fertigkeit darin erlangt, dass man sie gar nicht mehr von Straßburgern unterscheiden kann.«

»Nein, die meine ich nicht«, sagte der Kommerzienrat verlegen und blickte misstrauisch nach dem Fremden hinüber, der zwar die Augen noch immer geschlossen hielt, aber um dessen Mundwinkel er doch glaubte, ein leichtes boshaftes Zucken zu bemerken, »ich selber leide daran – meine Leber ist drei Zoll zu groß.«

»Drei Zoll? Segne meine Seele!«, sagte die Frau. »Aber woher wissen Sie das so genau?«

»Ah, die Wissenschaft hat darin jetzt bedeutende Fortschritte gemacht«, fuhr der Kommerzienrat rasch fort. »Eine solche speckige Entartung der Leber soll in unsern Zeiten auch gar nicht selten vorkommen und durch das Anstoßen derselben an Rippen, Zwerchfell und Magen kann man ziemlich genau berechnen, welchen Umfang sie erreicht.«

Die Dame rückte etwas ängstlich auf ihrem Sitz, und der Kommerzienrat fuhr fort:

»In Verbindung mit diesem Leiden steht nun, obgleich mein Arzt das immer noch bestreiten will, eine nicht unbedeutende Operation, der ich mich vor einiger Zeit zu unterwerfen hatte.«

»Eine Operation? – Aber ich bitte Sie –«

»Nun, es war gerade nicht lebensgefährlich«, setzte der Erzählende rasch hinzu, da er zu fürchten glaubte, dass seine schöne Zuhörerin deshalb vielleicht Besorgnisse zeigte, »aber jeder Schnitt in den menschlichen Körper ist gewissermaßen von einer Gefahr begleitet, da man nie wissen kann, welche Folgen daraus entstehen, welche edeln Gefäße verletzt werden.«

»Ach hören Sie – wenn es Ihnen recht wäre –«

»Es war nur eine Balggeschwulst auf dem behaarten Teile des Kopfes«, setzte der kleine Mann hinzu, nahm die Reisemütze ab und bog den Kopf gegen die Dame hinunter, »eine Balggeschwulst etwa von der Größe eines Taubeneis, sehen Sie hier – leicht beweglich unter den Fingern und eigentlich ohne besondere Schmerzen. Das Eigentümliche war aber, dass sie doch, wenn man lange daran drückte, wehtat; die Geschwulst blieb sich dabei ganz gleich, ob die Zunge belegt war oder nicht, wenn ich aber eine Weile gedrückt hatte, lief mir sonderbarerweise das Wasser im Munde zusammen und ich bekam dann einen höchst pikanten fauligen Geschmack.«

»Aber ich bitte Sie um Gottes willen, hören Sie auf!«, rief jetzt die Dame entsetzt. »Ich werde ohnmächtig, wenn Sie noch zwei Minuten mit solchen furchtbaren Sachen fortfahren. Was gehen mich denn Ihre Geschwülste an?«

»Aber sie ist ja operiert«, rief der Kommerzienrat, der zu glauben schien, dass sie ihn noch nicht recht verstanden habe, »und eben das Zunähen da –«

»Ich schreie um Hilfe, wenn Sie nicht aufhören«, unterbrach ihn die Dame und wurde wirklich totenbleich dabei. »Herr, ich habe Ihnen ja schon gesagt, dass ich die ekelhaften Beschreibungen nicht mitanhören kann. Behalten Sie Ihre Lebern und Geschwülste für sich oder ich setze mich hinaus zum Kondukteur auf den Bock. – Jesus Maria, meine Nerven!«

»Darf ich Ihnen vielleicht ein wenig Eau de Cologne anbieten?«, sagte der Kommerzienrat schüchtern, der solche Einwendungen gegen seine Leiden gar nicht vermutet hatte, indem er in die Tasche griff, nach seinem kleinen Flakon zu suchen. »Das tut Ihnen vielleicht gut.«

»Ich danke Ihnen, ja«, sagte die Dame und streckte die Hand aus, das Dargebotene in Empfang zu nehmen; Herr Mahlhuber hatte es aber selber noch nicht, und die rechte Rocktasche stak ihm so voll von verschiedenen Gegenständen: eingewickelte Semmeln, Brillenfutteral, Schnupftabakdose und dann das verwünschte Pistol, das er heute Abend fest beschloss unten in seinen Koffer zu legen, er konnte das kleine Fläschchen gar nicht finden und begann, da die Dame den Arm noch ausgestreckt hielt, die verschiedenen Gegenstände immer ängstlicher auszukramen und neben sich hinzulegen.

»Ich begreife gar nicht«, murmelte er dabei vor sich hin, »wo die – Dorothee – das kleine Fläschchen anders könnte hingesteckt haben als in – als in diese Rocktasche. Da, das hier ist eine eingewickelte Semmel – das hier«, er nahm das Pistol aus der Tasche und legte es neben sich hin, »das hier ist –«

»Um Gottes willen, was wollen Sie mit dem Schießgewehr?«, schrie die Dame jetzt so laut, dass der Fremde ihnen gegenüber erwachte oder doch die Augen öffnete und einen flüchtigen Blick hinüberwarf, dann aber wieder in seine frühere Stellung zurückfiel. »Es ist doch nicht geladen?«

»Bewahre«, lächelte der Kommerzienrat, der das Fläschchen endlich gefunden und ihr gereicht hatte, etwas verlegen, und suchte, um sie selber zu überzeugen, durch den Lauf des verdächtigen Pistols zu blasen; aber vergebens blies er die Backen auf und wurde ganz rot im Gesicht.

»Es ist verstopft«, sagte er dann, entweder zu seiner oder des Pistols Entschuldigung.

»Halten Sie das schreckliche Ding nur nicht gegen mich«, rief die Dame, nichts weniger als beruhigt durch den verunglückten Versuch; »wenn es losginge ...«

»Ich will Ihnen beweisen, dass es keine Gefahr hat«, sagte der Kommerzienrat entschlossen, dem mutlosen schwachen Wesen gegenüber, und den Hahn aufspannend zielte er auf die ihm gegenüberstehende Hutschachtel seiner schönen Reisegefährtin.

»Um Gottes willen, was wollen Sie tun?«, rief die Dame, jetzt wirklich erschreckt; aber sie hatte keine Zeit etwas Weiteres zu fragen, denn ein furchtbarer Schlag, der ihnen allen das Trommelfell zu zersprengen drohte, schmetterte mit einem vor ihnen hinzuckenden Blitze durch den engen Raum des Wagens und im nächsten Augenblick schon füllte dichter undurchdringlicher Pulverdampf das Coupé vollkommen an. Die Dame stieß dabei natürlich einen gellenden Schrei aus und fiel in Ohnmacht. Die Pferde rissen in ihr Geschirr und wollten durchgehen, und Postillion und Kondukteur brauchten wenigstens zehn Minuten Zeit, sie zu beruhigen und wieder in ordentlichen Gang zu bringen.

Nur der Fremde, der für den Augenblick in dem entsetzlichen Pulverqualm vollständig verschwunden war, sagte kein Wort und saß umso unheimlicher und drohender in dem undurchdringlichen Qualm. – Heiliger Gott, wenn er ihn getroffen und totgeschossen hätte! Der Kommerzienrat wagte nicht die Hand auszustrecken, den furchtbaren Verdacht bestätigt zu finden oder zu zerstreuen.

Der Wagen hielt endlich. »Ho, brrr, Gott verdamm’ mich, ob ihr stehen wollt, kopfscheue Bestien – ho, brrr, so mein Tierchen, soooo – gutes Tier, so Schimmel«, tönten die Beruhigungslaute von draußen zu ihnen herein, der Kondukteur sprang aus dem Cabriolet und riss den Schlag auf.

»Heiliges Kreuzdonnerwetter, was ist hier vorgegangen?«, schrie er, zurückprallend, als ihm der weiße warme Schwefelqualm entgegenschlug, der die willkommene Bahn ins Freie fand. »Was ist geplatzt?«

Die Dame lag in Ohnmacht und der Kommerzienrat konnte nicht antworten, denn sein ängstlicher Blick suchte durch den weichenden Nebel die lautlos dasitzende Gestalt des Fremden. Nur erst sicher wollte er sein, dass dort kein Unglück geschehen wäre, wenn er auch natürlich nicht begriff, wie eine Ladung und eine so furchtbare Ladung in die für ganz harmlos gehaltene Waffe hineingeraten sein konnte.

Wie sich der Nebel verzog, wurde auch das Gesicht des Fremden in der andern Ecke sichtbar, aber so unheimlich verzerrt, rot und drohend, während die Augen unter den halb zusammengekniffenen Brauen wild und lauernd vorblitzten, dass der Kommerzienrat ihn schon am Arme fassen und ins Leben zurückschütteln wollte, als der Kondukteur die Stille wieder unterbrach.

»Wer ist tot?«, rief er und keineswegs bloß im Scherz, denn das unheimliche Schweigen im Wagen kam ihm selber verdächtig vor. »Himmelsakerment, wenn sich jemand eine Kugel durch den Schädel schießen will, brauchte er sich doch dazu nicht auf der königlich bayerischen Eilpost einschreiben zu lassen, dass einem die Pferde noch am Ende durchgehen und außerdem Unheil anrichten? – Das ist nun der Zweite. Nun?«, setzte er dann erstaunt hinzu, als er die drei Passagiere nach und nach durch den Qualm erkennen konnte und alle noch am Leben fand, wenn er auch des Kommerzienrats Vis-à-vis noch immer etwas misstrauisch betrachtete – dass die Dame in Ohnmacht lag, verstand sich von selbst. »Was zum Teufel haben Sie denn dahier angerichtet – Ach Schwerenot«, rief er plötzlich, als sein Blick auf das neben ihm stehende Gepäck fiel, »gerade in die Hutschachtel geschossen.«

»In die Hutschachtel?«, rief die Dame entsetzt, jetzt plötzlich und ohne weitere Hilfe aus ihrer Ohnmacht emporfahrend, und der Fremde drüben wurde immer röter im Gesicht. »Heilige Mutter Gottes, mein Hut!«

»Wer hat denn aber hier im Wagen geschossen?«, rief der Kondukteur jetzt mit strengerer Amtsmiene, während die Dame entsetzt über ihre Hutschachtel herfiel, den erlittenen Schaden zu besichtigen. »Ich werde Sie im nächsten Postamte anzeigen. Sie da, was tun Sie mit einem geladenen Pistol in der königlichen Post?«

»Postamt anzeigen?«, rief der Kommerzienrat in tödlichem Schreck. »Und des vermaledeiten Pistols wegen, gegen das ich mich aus Leibeskräften gesträubt?«

»Sie dürfen hier im Wagen gar kein Pistol haben«, sagte der Schaffner streng.

»Ich wollte, ich hätte es nie gesehen«, rief der Kommerzienrat in ausbrechendem Grauen; »da«, fügte er dann hinzu und schleuderte die Waffe, gar nicht an das aufgezogene Fenster denkend, mitten durch die Scheibe hinaus auf die Straße, dass die Scherben im Wagen herumflogen und auf die harte Chaussee draußen niederklirrten.

»Jesus Maria«, rief die Dame, »mein Hut!«

»Herr, die Scheibe kostet 1 Gulden 25 Kreuzer!«, rief der Schaffner.

Die Frau zog in diesem Augenblick den zu Atomen geschossenen, wunderschön verzierten und früher einmal mit Bändern und Blumen geschmückten Strohhut aus dem durchschossenen Futteral; die ganze gewaltige Ladung war schräg hindurchgegangen und hatte ihn vollständig vernichtet, dass die Stücke darumhingen, und jetzt zum ersten Male wurde auch der andere Passagier in der Wagenecke laut, der plötzlich herausplatzte, als ob ihm irgendein inneres Gefäß gesprungen sei, in demselben Moment aber auch fast einhielt und nun so heftig zu nießen und zu husten anfing, dass er ganz blau im Gesicht wurde und der Kommerzienrat wirklich für einen Augenblick sein eigenes Elend vergaß, nach dem Manne hinüberzuschauen.

»Und hier das ganze Polster ist zerschossen!«, rief jetzt der Postbeamte, der die Hutschachtel fortgerissen hatte, nach dem zugefügten Schaden zu sehen. »Herr, Sie werden eine Heidenrechnung bekommen.«

»Mein Hut, du lieber Gott, mein Hut!«, jammerte dabei die Dame. »Was setz' ich jetzt auf, was setz' ich auf?«

»Ich will ja gern alles bezahlen«, stöhnte der Kommerzienrat in völliger Verzweiflung, »wenn Sie mir nur sagen wollen, was es kostet.«

»Schockschwerenot«, rief der Schaffner plötzlich nach seiner Uhr sehend, »jetzt haben wir hier schon sieben und eine halbe Minute getändelt und ich komme zu spät auf die Station – nehmen Sie Ihren Rock dahinein, Madamchen – werfen Sie den Bettel auf die Straße, er ist doch nicht mehr zu brauchen; so«, sagte er dann, die Tür zuschlagend und seinen alten Platz wiedereinnehmend, »fahr zu, Schwager!«

»Da unten liegt das Schießeisen noch«, sagte dieser, mit einem schmunzelnden Seitenblick und dem linken Daumen über die Achsel deutend, »sollen wir's liegen lassen?«

»Was geht dich der Quark an? Fahr zu!«, lautete die barsche Antwort des verantwortlichen Postführers, die Peitsche fuhr aus und auf das Handpferd nieder, und dahin rasselte das Geschirr wieder in scharfem Trab, das Versäumte nachzuholen.

Der Kommerzienrat hatte indessen einen schweren Stand im Wagen, die erzürnte und unglückliche Dame zu beruhigen, die wunderbarerweise an dem Hute zu hängen schien, als ob es ein Stück ihrer selbst gewesen wäre. Sie weinte und zankte und betrug sich etwa wie ein unartiges Kind, dem man irgendein Spielzeug zerbrochen, und das sich nun weder will trösten noch beruhigen lassen. Zuletzt und kurz vorher, ehe sie die nächste Station erreichten, verstand sie sich endlich dazu, den höchstmöglichen Satz für Hut und Schachtel anzunehmen, was ihr der Kommerzienrat, froh, so gut wegzukommen, gleich an Ort und Stelle auszahlte, aber auch dann noch keinen Frieden hatte, denn, damit in Ordnung, fielen ihr plötzlich wieder ihre bis dahin ganz außer Acht gelassenen Zahnschmerzen ein, gegen die das zerbrochene Fenster nicht mehr geschlossen werden konnte, und es zeigte sich jetzt, dass das unglückselige Pistol nach allen Seiten hin Zerstörung und Verwirrung angerichtet hatte.

Der andere Passagier dagegen saß so ruhig und regungslos wie immer in dieser Konfusion und sagte kein Wort; er musste jedenfalls stumm, vielleicht gar taubstumm sein, oder wenigstens keine Silbe von ihrer Sprache verstehen.

Aber dem Kommerzienrat gingen andere Dinge im Kopfe herum, als sich um den geheimnisvollen Fremden zu kümmern. Glücklicherweise kannte ihn niemand, denn mit der Post war er früher nie in Berührung gekommen und eingetragen nur unter dem anspruchlosen Namen Mahlhuber. Die paar Taler, die es ihn gekostet hatte, betrachtete er als Lehrgeld für spätere Zeit, und pries sich immer noch glücklich, so billig davongekommen zu sein. Auf der nächsten Station bezahlte er auch die Scheibe mit 1 Gulden 25 Kreuzer und Polster und sonstige Beschädigung des königlichen Postwagens mit 3 Gulden 30 Kreuzer, dem er natürlich ein nicht unbedeutendes Geschenk für Kondukteur und Postillion beifügte, dieser Schweigen zu erkaufen. Er dankte auch seinem Gott, als er endlich Gelegenheit bekam, auf seinem schon früher bestimmten Anhalteplatz einige Minuten vor neun Uhr abends aussteigen zu dürfen, der Gesellschaft, in der er sich nicht mehr getraut hatte, ein Wort zu sagen, wie der unangenehmen Erinnerung enthoben zu sein. Was für ein Glück, dass er Dorothees Vetter nicht mitgenommen hatte.

An Ort und Stelle angelangt und nachdem der Schaffner sein Gepäck aus der Schoßkelle genommen, um das sich vor dem Postgebäude niemand weiter zu kümmern schien, nahm er Reisesack und Schirm,

Stock und Sitzkissen aus dem Wagen, drehte sich dann noch einmal um und sagte, mit einer verbindlichen Verbeugung nach dem Innern des Wagens zu, die von der Dame mit einem leise gemurmelten »Gott sei Dank« begleitet wurde:

»Angenehme Reise, meine Herrschaften.«

»Gute Nacht, Herr Kommerzienrat«, sagte der Fremde, der bis dahin noch keine Silbe gesprochen, und der also Betitelte stand, seine Reiseutensilien in beiden Händen, wirklich mit halbgeöffnetem Munde vor lauter Überraschung da; aber der Schaffner warf in dem Augenblick den Schlag wieder zu, die Pferde waren vorgespannt und fortging's mit schmetterndem Horngetön durch die stillen Straßen des kleinen Fleckens über das raue Pflaster hin, was die Tiere laufen konnten.

4. Das Posthaus und die Mamsell

Der Kommerzienrat Mahlhuber stand noch, wie wir ihn im vorigen Kapitel verlassen, viele Minuten lang wirklich sprachlos vor Erstaunen und Überraschung da, bis er selbst das Rollen der Räder nicht mehr hören konnte.

»Gute Nacht, Herr Kommerzienrat«, hatte der Mensch gesagt, der die ganze Fahrt hindurch keine Silbe gesprochen, und den er einmal für einen Engländer und dann für taubstumm gehalten, bis er zu der Überzeugung kam, dass es doch am Ende ein Engländer sein könne. »Gute Nacht, Herr Kommerzienrat«; woher, um des Himmels willen, wusste der Mann seinen Namen?

»Nu – was soll denn hier mit den Sachen werden?«, fragte in diesem Augenblick eine Stimme hinter ihm, und als er sich umdrehte, stand eine Art Zwitterding von Postillion und Hausknecht, oben in Uniform und unten in Unterhosen und Pantoffeln, mit einer Nachtmütze auf dem Kopfe und einer Stalllaterne in der Hand, neben ihm, und deutete auf die neben ihm aufgeschichteten Koffer und Hutschachtel. »Es kommt heute Abend keine Post mehr.«

»So? – Das tut mir leid«, sagte Herr Mahlhuber ganz in Gedanken, »oder es macht eigentlich nichts«, setzte er dann sich besinnend hinzu, »denn ich werde hier übernachten«.

»Hier – in der Post?«, fragte der Mann und leuchtete ihm erstaunt ins Gesicht.

»Nun, wird hier nicht gleich ein Wirtshaus gehalten?«, fragte der Reisende, etwas unangenehm überrascht. »Man hat es mir doch gesagt.«

»Wirtshaus? – Ne, nich so recht – die Schenke ist da drüben«, lautete die etwas barsche Antwort.

»Hm«, sagte der Kommerzienrat und sah etwas misstrauisch nach dem niedern düstern Gebäude hinüber, in dessen unterer Stube nur Licht brannte, »und kann man da etwas zu essen und ein gutes Bett bekommen?«

»Zu essen, ja«, sagte der Mann und leuchtete über die Koffer hin, nach deren Zustand den Passagier selber zu beurteilen, »gutes Bett aber ne, wenn Sie nicht auf der Streu mit den Fuhrleuten schlafen wollen.«

»Auf der Streu schlafen?«, wiederholte der an jede häusliche Bequemlichkeit gewöhnte Mann entsetzt. »Wie kann ich auf der Streu schlafen?«

»Ja das weiß ich nich, wenn Sie's nicht wissen«, sagte der halbe Hausknecht gleichgültig, »aber sollen die Koffer hier auf der Straße stehen bleiben?«

»Und in der Post ist keine Möglichkeit unterzukommen?«

»Fragen kann mer noch emal«, sagte der Mann, seine Laterne niedersetzend und seine Hosen etwas in die Höhe ziehend, »manchmal nimmt die Mamsell Gäste ein, manchmal nich – wie's 'r gerade passt.« Und ohne eine Antwort abzuwarten schlenderte er langsam, den Kommerzienrat bei den Koffern und der Laterne zurücklassend, in die Post hinein, die schmale steinerne Treppe hinauf. Die »Mamsell«, wie er die gleich darauf in der Tür erscheinende Dame genannt, schien aber seiner Beredsamkeit nicht haben widerstehen zu können, denn ihre gastliche Stimme rief gleich darauf von der Treppe aus ein eben nicht ermunterndes, aber doch auf weitere Erklärungen sich einlassendes »Wer ist denn da?«.

Die Gefahr, die Nacht, wegen der er die Postfahrt unterbrochen, auf einer Streu zubringen zu müssen, machte den Kommerzienrat beredt; er ging näher zur Tür, stellte sich der Dame (unter dem Lichte der Stalllaterne, die er zu dem Zwecke hoch in die Höhe hielt) als einen Reisenden vor, der seiner Gesundheit wegen nicht mit der Post weitergefahren wäre und das Ärgste befürchten müsste, wenn er nicht die Nacht in einem warmen Bette zubringen könne, und war sogar schon im Begriff auf seine Leber und vielleicht auch auf die mit ihr in Verbindung stehende Balggeschwulst einzugehen, als die Mamsell, die rasch den gesetzten achtbaren Bürger oder vielleicht gar Staatsbeamten in ihm erkannte, ihr tröstliches und schon viel freundlicheres »Treten Sie näher!« ihm hinüberrief und den teilweisen Postbeamten beorderte, des Herrn Sachen in die »grüne Stube« hinaufzutragen.

»Grüne Stube!« Schon das Wort klang behaglich, und mit einem leise gemurmelten »Gott sei Dank« griff Herr Mahlhuber seine Sachen auf und folgte dem mit einem Koffer und der Stalllaterne vorausgehenden dienstbaren Individuum die Treppe hinauf in das Haus.

Die nächste Stunde verging dem Reisenden übrigens in dem unbehaglichen Gefühle, keinen Platz zu haben, wo man zu Hause ist. Es war ihm alles fremd und unwohnlich in der fremden Stube; die hölzernen Stühle, der wunderbare Geruch, die niedere räucherige Decke, die schrecklichen Bilder an den Wänden, Karikaturen von Heiligen und Märtyrern und ein Napoleon dazwischen, der auf der Spitze eines Gletschers galoppiert, während an der gegenüberstehenden Wand schlechte Lithografien von Landesvätern und Landesmüttern hingen. Unheimlich auch sah der alte Wandschrank aus, wo neben einer alten Wiener Stutzuhr mit alabasternen Säulen ein grünangestrichener Gipsmops stand, der früher einmal einen beweglichen Kopf gehabt und mit ängstlich verdrehtem Halse jetzt in die Stube unter sich hinunterstarrte, während auf der andern Seite eine weithalsige, oben eingebrochene Glaskaraffe einen Büschel Schilfblüte mit einigen rot und gelb gefärbten Strohblumen hielt.

Die »Mamsell« lenkte jedoch seine Aufmerksamkeit von den übrigen Gegenständen ab, denn sie erkundigte sich nach den Befehlen des Gastes wegen »Abendbrot«. Die Auswahl war freilich sehr beschränkt, also leicht getroffen: aufgewärmter Kalbsbraten mit getrockneten Birnen und einer halben Flasche Rotwein »vom Besten«, wie er noch vorsichtig hinzusetzte, denn die altmodischen dickgeschliffenen Weingläser mit viereckigem Fuße erweckten eine dunkle Ahnung von saurem Landwein in ihm, die er nicht gleich wieder von sich abscheuchen konnte.

»Kommen Sie schon weit her?«, fragte jetzt die Mamsell, die sich die Schürze an der einen Seite aufgesteckt und die Ärmel, man wusste eigentlich nicht recht weshalb, in die Höhe gekrempelt hatte.

»Von Gidelsbach«, sagte der Kommerzienrat in seiner Unschuld, »und – und drüber hinaus«, setzte er dann etwas rascher hinzu, denn er hatte sich ja einmal vorgenommen »inkognito« zu reisen.

Die Mamsell war eine nicht gerade sehr junge Dame, in ihren »besten Jahren«, so zwei- bis vierunddreißig vielleicht, aber mit sonst noch sehr jugendlichem Äußern, langen Locken, zurückgescheitelten Haaren und großen goldemaillierten Ringen in den Ohren. Auch der Schnitt ihres Kleides gehörte jedenfalls einem vergangenen Alter an, während sie die Fragen an den Gast mit einer schüchternen mädchenhaften Verschämtheit, die in eigentümlichem Widerspruch zu ihren ersten Worten, als sie noch in der Tür stand, richtete.

»Ach, Gidelsbach liegt so schön«, nahm die Mamsell den Anknüpfungspunkt an den einen bekannten Namen, »es ist von jeher mein Lieblingswunsch gewesen, dort zu wohnen, das muss ein wahres Paradies sein. Sind Sie dort bekannt?«

»Wenig«, sagte der Kommerzienrat, seine Vaterstadt verleugnend; »das Essen ist wohl bald fertig?«

»Den Augenblick«, sagte die Mamsell, fast unwillkürlich bei der Frage halb von ihrem Stuhle aufstehend, und dann wieder auf den Sitz zurücksinkend. »Aber was ich gleich fragen wollte, haben Sie Geschäfte in Otzleben?«

»Wo?«, fragte der Kommerzienrat erstaunt.

»In Otzleben.«

»Otzleben! – Wo liegt das?«

»Nun, hier der Ort, wo wir uns befinden.«

»Der heißt Otzleben? – So – nein – ich wollte nur hier übernachten; nicht wahr, der Kalbsbraten ist gleich fertig?«

»Jawohl – den Augenblick«, sagte die Mamsell, wieder von ihrem Sitze aufschnellend, und der Kommerzienrat stand ebenfalls auf und ging indessen mit raschen Schritten im Zimmer auf und nieder. Es fröstelte ihn, und wie der Sand auf den Dielen, ein ganz ungewohntes Gefühl, unter seinen Füßen knirschte, kam ihm bei dem düstern, auf dem Tische brennenden einzelnen Talglichte das Zimmer noch einmal so still und öde vor, als es ihm im Anfange erschienen.

Die Hausmagd öffnete in diesem Augenblick die Tür und kam mit einem zwar groben, aber reinlichen Tischtuche herein, das sie ausbreitete; Teller, Messer und Gabel mit dem großen Salzfass darauf arrangierte und dann wieder hinausging, das Abendbrot hereinzuholen. Die Mamsell hatte indessen eins von den geschliffenen Weingläsern von der Kommode genommen und mit dem Schürzenzipfel einigen darin gesammelten Staub und mehrere tote Fliegen herausgewischt; dann stellte sie die Flasche auf den Tisch, und wenige Minuten später konnte sich der Kommerzienrat zu dem in langer Brühe schwimmenden aufgebratenen Kalbstoß niedersetzen und nach Herzenslust zulangen.

»Heute ist ja wohl auf der Post ein Unglück geschehen?«, fragte endlich die Mamsell, die ihm gegenüber Platz genommen, nach einer hinreichenden Pause.

»Ein Unglück?«, sagte der Kommerzienrat, überrascht zu ihr aufschauend, indem er einen Augenblick mit Kauen einhielt. »Wieso ein Unglück?«

»Es soll einem der Passagiere ein geladenes Pistol losgegangen sein, hat der Postillion erzählt.«

»Der Postillion sollte sich um seine Pferde bekümmern«, brummte Herr Mahlhuber, »da tät' er gescheiter –«

»Er hat doch niemanden getroffen?«, fragte die Mamsell mit einiger Entschlossenheit weiter, der Sache auf den Grund zu kommen.

»Wer?«, sagte der Kommerzienrat. »Der Postillion?«

»Nein, der Passagier.«

»Nicht dass ich wüsste«, sagte dieser, die indessen eingestellte Beschäftigung wieder mit frischen Kräften aufnehmend. So mitteilend er sonst war, wo er irgendjemanden fand, mit dem er sich unterhalten und vielleicht die Geschichte seiner Krankheit und Leiden anbringen konnte, so schüchtern und zurückhaltend war er heute geworden, wo eben die Erzählung solche furchtbare Folgen gehabt, und die neugierige Wirtschafterin musste es bald aufgeben, aus dem schweigsamen Gaste Neuigkeiten herauszulocken, von denen er am Ende gar nichts wusste oder die er, im andern Falle, Grund hatte zu verschweigen. Namen und Stand ihres Gastes zu erfahren, besaß sie aber noch ein anderes Mittel, das Fremdenbuch, und als er vom Tische aufstand und sich das letzte Glas Wein aus seiner Flasche, der er gar wacker zugesprochen, einschenkte, schob sie ihm das mit einem freundlichen Knicks zur Beachtung hin.

Dem Kommerzienrat blieb keine andere Wahl als sich da einzuschreiben, und Hieronymus Mahlhuber stand bald darauf in zierlicher Schrift über Namen- und Wohnortsrubrik zugleich hinweg, die letztere dadurch geschickt umgehend. Stand? – Das »Ko« hatte er schon in aller Unschuld, der alten Gewohnheit folgend, begonnen, als er sich eines Bessern besann und die beiden Buchstaben zu einem »P« umformte, dem er sein »rivatmann« dahintersetzte. Die übrigen Kolonnen füllte er so gewissenhaft wie möglich aus und bat dann seine freundliche Wirtin, ihm seine Schlafstätte anzuweisen, da er entsetzlich müde sei und auszuruhen wünsche. »Und wann kommt die Post morgen früh wieder vorbei?«

»Zurück nach Gidelsbach?«

»Nein, den andern Weg.« – Was hatte er in Gidelsbach zu tun?

»Die andere? – Um neun Uhr – eher noch ein paar Minuten früher.«

Das passte ihm und er bestellte, dass er dann morgen früh etwa um drei viertel acht Uhr geweckt würde, und einen starken heißen Kaffee vorfände. Die Mamsell versprach alles aufs Beste zu besorgen.

5. Das grüne Zimmer

»Gott sei Dank, der Tag war überstanden!«, murmelte der Kommerzienrat leise vor sich hin, als er mit dem Sitzkissen in der einen und seinem Regenschirm und Rock in der andern Hand, von der Mamsell gefolgt, die den Reisesack und das Licht trug, die Treppe hinaufstieg, zu dem »grünen Zimmer«. – »Nun die Nacht gut geschlafen, und der Mensch kann seine Reise morgen mit frischen Kräften fortsetzen. – Ach, ist dies das grüne Zimmer?«, unterbrach er sich, als seine Führerin eine Art kleiner Bodenkammer aufstieß und ihn bat näherzutreten. »Hm, das ist sehr einfach.«

»Ja, wir sind freilich ein wenig hier mit Raum beschränkt, Herr Mahlhuber«, sagte die Mamsell, und der Kommerzienrat drehte sich rasch und fast erschrocken nach ihr um. In dem Augenblick fiel ihm aber das Fremdenbuch ein und er nickte zustimmend mit dem Kopfe, als die Mamsell fortfuhr, das Zimmer zu entschuldigen und nun das

Bett dagegen zu loben, in dem Herr Mahlhuber schlafen würde wie in Abrahams Schoß.

Mit einem etwas dunklen Begriffe, wie das eigentlich sein würde, legte er seine Sachen ab, öffnete das kleine Fenster, das aufs Dach hinaussah, und schloss es gleich wieder, hob die schwere Federbettdecke auf und legte sie mit einem prüfenden, etwas misstrauischen Blicke zurück und sah dann das Licht an, das die Mamsell auf den Tisch gestellt hatte, sich dann nach der Tür zurückziehend, wo sie auf irgendeinen Befehl oder vielleicht auf ein Lob für das vortrefflich eingerichtete Lager zu warten schien. Dem Kommerzienrat war es aber nur um Ruhe zu tun, und er fing an, sich den Rock aufzuknöpfen, während er über die Schulter weg einen Blick nach der Wirtin warf, ob dieser das Zeichen noch nicht deutlich genug sei.

»Nun, Herr Mahlhuber, ist alles in Ordnung?«, sagte diese endlich, nicht imstande, den Platz ohne eine beifällige Anerkennung zu verlassen. »Ist es zu Ihrer Zufriedenheit?«

»Vollkommen; schlafen Sie recht wohl!«, sagte der Kommerzienrat.

»Wünsche angenehme Ruhe!«, sagte die Mamsell. »Und wenn Sie mit dem Lichte fertig sind, möchte ich Sie freundlichst gebeten haben, es nur dort an die Tür zu stellen, ich hole es mir später. – So, lassen Sie sich etwas Angenehmes träumen«, setzte sie mit ihrem verbindlichsten Lächeln hinzu und verschwand dann, von einem leise gebrummten Danke des Gastes begleitet, wie sie gekommen.

»Das grüne Zimmer«, brummte dieser weiter, als er sich allein sah und kopfschüttelnd einen Blick in dem kleinen Raum umherwarf, dessen Grenzen an drei Seiten die weiße Kalkwand und an der vierten, wo das Bett stand, ein schräg niederlaufender Verschlag von ungehobelten Brettern bildete. »*Grüne* Zimmer? Es ist kein grüner Faden im ganzen Nest. Und ausgekehrt haben sie hier seit voriger Woche nicht – unter dem Bette Stroh, und da in der Ecke ein Paar alte Stiefel. – Hm, hm, Dorothee hat doch am Ende recht, und Doktor Mittelweile wäre am besten selber auf Reisen gegangen. Lieber Gott, ich, ein ruhiger friedliebender Mensch, was habe ich heute nicht schon alles erlebt und getan und – ertragen – hm, hm. Nun, es ist jetzt wenigstens Abend und eine ruhige Nacht gebe uns der liebe Gott.«

Damit sich die Nachtmütze über die Ohren ziehend – denn er hatte sich während des Selbstgespräches vollständig entkleidet –, hob er eben das rechte Bein, in das etwas hohe Bett zu steigen, als er an das Licht und den ihm gewordenen Auftrag dachte, es dicht an die Tür zu stellen. Eine Lichtschere lag überdies nicht auf dem Teller und der Kommerzienrat hasste nichts so sehr als den Qualm einer Lichtschnuppe. So das Bein wieder zurückziehend, nahm er das Licht und trug es, sorgsam vorher jedoch noch einmal in seine Pantoffeln schlüpfend, sich nicht zu erkälten, zu dem bezeichneten Platze, setzte es dort nieder und stieg dann, tief und dankbar aufseufzend, in das sehr weiche, aber etwas voluminöse Bett, sich die Decke bis unter das Kinn ziehend, den Augenblick zu erwarten, wo die Mamsell das Licht abholen würde; vorher war er nicht imstande einzuschlafen.

Eine Minute nach der andern verging aber und die Mamsell kam nicht; durch die Türspalte zog es auch ein wenig und das Licht flackerte hin und her, dass der Talg in großen Streifen niederfloss. Es konnte doch kein Unglück damit geschehen?

»Hm, das ist ärgerlich«, murmelte er, sich im Bette aufrichtend, den Platz besser übersehen zu können, und dann, als er fand, dass das Licht vollkommen freistand, wieder zurücksinkend, doch am Ende einzuschlafen trotz der brennenden Talgkerze; aber es ging nicht, es war eine positive Unmöglichkeit und darauf zu warten, dass das Endchen Licht von selber niederbrennen sollte? – Das hätte wohl noch eine volle halbe Stunde und länger dauern können. Eine Viertelstunde wenigstens hatte er jetzt schon in peinlicher, immer wachsender Ungeduld auf das Abholen desselben gewartet.

Der Zustand wurde ihm endlich unerträglich und er beschloss aufzustehen und das schon jetzt qualmende Licht auszulöschen, er konnte es ja umdrehen und ärgerte sich, dass er das nicht schon lange getan. In Gedanken vollbrachte er diese Operation jetzt auch fünf oder sechs Mal hintereinander und drehte dabei selbst unwillkürlich die rechte Hand; aber das Licht blieb freilich stehen und flackerte weiter. Mit einem verzweifelten Entschlusse warf er endlich die Decke von sich, fuhr mit beiden Beinen aus dem Bette und in seine Pantoffeln und machte ein paar Schritte dem Lichte zu, als er plötzlich erschrocken stehen blieb und horchte, denn es war ihm genau so gewesen, als ob er draußen etwas gehört hätte auf dem Gange. – Wenn die Mamsell jetzt gerade hereingekommen wäre und ihn in dem Aufzuge gesehen hätte! Er wollte im ersten Schrecke wirklich wieder ins Bett zurückziehen, aber – es war auch nicht das Mindeste weiter zu hören; er blieb noch ein paar Sekunden lauschend stehen – keine Maus; – doch, unter seinem eigenen Bette raschelte etwas im Stroh und er blickte schnell dorthin, das konnte eine Maus gewesen sein; im Hemde durfte er jedoch nicht länger stehen bleiben, und jetzt rasch und entschlossen zu dem Lichte hinschreitend, bog er sich eben nieder und streckte die Hand aus, es zu ergreifen, als die Tür geöffnet wurde und die Mamsell in derselben Absicht auf der Schwelle erschien.

»Jesus Maria!«, rief sie, als ob sie einen Geist gesehen, als sie die keineswegs empfangsmäßige Gestalt vor sich erblickte, und der Kommerzienrat fuhr mit einem ebenso verblüfften »Bitte tausend Mal um Entschuldigung!« in demselben Moment rückwärts nach seiner Lagerstätte zurück, als die erschreckte Mamsell die Tür wieder ins Schloss warf und also spurlos verschwand.

Als der Kommerzienrat den Kopf endlich wieder unter der schützend über sich gezogenen Decke vorstreckte, brannte das Licht, von beiden Teilen im Stiche gelassen, noch immer ruhig fort und an ein zweites Aufstehen war jetzt gar nicht zu denken, denn das schreckliche Frauenzimmer konnte in gleicher Absicht noch immer hinter der Tür stehen, wieder denselben unglücklichen Moment zu wählen, sie zu öffnen. Es musste niederbrennen, und mit einer verzweifelten Art von Überwindung schloss er endlich die Augen in der festen Absicht einzuschlafen, ob das grüne Zimmer erleuchtet sei oder nicht. Trotzdem war er es nicht imstande und mochte etwa eine halbe Stunde so zwischen Wachen und Schlafen gelegen haben, als der leergebrannte Docht endlich umfiel, noch einmal hell aufflackerte und dann verlöschte.

»Gott sei Dank!«, stöhnte der Kommerzienrat in einem halben Bewusstsein seiner Lage und drehte sich jetzt entschieden auf die rechte Seite, das Versäumte seiner so leichtsinnig geopferten Nachtruhe nachzuholen, als er das Rascheln wieder unter dem Bette hörte, aber diesmal weit stärker als vorher und zugleich ein leises Winseln, als ob eine junge Katze oder etwas Derartiges darunter läge.

»Na, das hat mir noch gefehlt«, brummte der gepeinigte Gast leise und ingrimmig vor sich hin, »was ist jetzt wieder los?« – Er horchte eine Weile, aber das Geräusch ließ nach und er fing eben erst an wieder in Schlaf zu kommen, als es von Neuem und stärker begann.

»Heiliger Gott im Himmel!«, sagte der geplagte Kommerzienrat, gewaltsam einen Fluch zurückhaltend. »Ist das nicht um selbst den gesundesten Christenmenschen zur Verzweiflung zu bringen, und dabei soll ich meine gelbe Hypertrophie verlieren?«

Das Rascheln und Winseln wurde jetzt stärker und es blieb dem im Bette Liegenden bald kein Zweifel mehr, dass irgendein junger Hund sich gerade unter der Bettstelle in dem dort befindlichen Stroh sein Lager gemacht und nun durch Flöhe oder böse Träume gepeinigt werde. An Selberschlafen war aber unter solchen Umständen gar nicht zu denken, nach irgendeiner Bedienung zu rufen blieb ebenfalls ganz außer der Frage, und der Kommerzienrat entschloss sich endlich, wie das Rascheln und Winseln immer stärker wurde, noch einmal aufzustehen und den kleinen Störenfried zu fassen und aus der Tür zu werfen. Ein Überfall des Lichtes wegen war nicht mehr zu fürchten.

Vorsichtig nach den Pantoffeln fühlend, die er rasch wieder anzog, kauerte sich jetzt der würdige Mann, den Kopf etwas nach rückwärts gezwängt, weil er ihn gegen die Bettstelle pressen musste, vor seinem Lager nieder, mit der Hand in dem Stroh nach dem Gegenstande seines Grimmes zu suchen. Es dauerte gar nicht lange, so griff er einen jungen Hund, der sich winselnd auf den Rücken legte, als er die Berührung fühlte, erwischte ihn beim Felle und trug ihn, sich schwerfällig damit am Bette aufrichtend, der Tür zu. Über den Leuchter stolpernd, an den er nicht mehr gedacht, fand er aber doch zuletzt die Klinke, öffnete sie und warf den jungen winselnden Köter mit einem zwar leise gemurmelten, aber desto herzlicher gemeinten Fluche ins Freie.

»So«, sagte er dann, als er die Tür wieder sorgfältig geschlossen und sich zum Bette zurückfühlte, »so, nun hat der Skandal auch ein Ende und ich werde doch einmal wenigstens zur Ruhe kommen. – O meine Leber!«

Und wieder unter seine Decke fahrend suchte er sich den leidenden Teil so bequem zu legen als möglich und brachte dann seine rechte Hand an den Kopf, dort die ihm noch so schwere Sorgen bereitende Narbe seiner Balggeschwulst solange zu drücken, bis sie ihm wehtat, und sich dann mit dem Gedanken zu quälen, dass daraus jedenfalls einmal ein Krebsschaden entstehen müsse, der ihn langsam in sein Grab hinunterfräße. Schon manche liebe lange Nacht hatte er auf ähnliche Art im Schlafe gestöhnt und auch jetzt gewann die Müdigkeit eben wieder die Oberhand und sandte ihm schon in ungewissen schwankenden Traumbildern die Erlebnisse des vergangenen Tages. Aber diese kamen nicht in der erlebten Reihenfolge, sondern begannen mit dem letzten, denn er hörte deutlich wieder das Winseln und Rascheln von vorher und wollte sich eben selbst im Traume mit dem Bewusstsein trösten, dass es eben nur ein Traum sei, als das Geräusch stärker und lebendiger wurde und er sich endlich, ordentlich in die Höhe fahrend, wieder im Bette aufrichtete, um darauf zu horchen.

»Jesus Maria Joseph!«, rief er fast unwillkürlich, als er zu der ganz unzweifelhaften Gewissheit einer ganz neuen Störung gelangte. »Da ist beim Himmel noch so eine Bestie darunter, und ich habe doch vorher ringsumher gefühlt. Na, an die Nacht will ich denken; wenn ich aber je zurück nach Gidelsbach komme, werde ich mir ein Vergnügen daraus machen, dem verdammten Doktor dieselbe Tour und ein Nachtquartier in dem Nest hier – wie hieß es gleich? – zu empfehlen. Der soll mir wiederkommen!«

Betrachtungen nutzten aber hier durchaus nichts; der junge Hund ließ sich weder weg noch zur Ruhe philosophieren, und nach mehrmaligen vergeblichen Versuchen, trotz der »Giftkröte« wieder einzuschlafen, musste der unglückliche Reisende, wenn er nicht die ganze Nacht solchen Experimenten opfern wollte, zum dritten Male heraus aus dem Bette, den Störenfried zu entfernen. Wieder erwischte er ihn hinten im Nacken, trug ihn an die Tür, die er noch fest eingeklinkt fand, öffnete sie, warf ihn hinaus, schloss sie wieder und ging zum vierten Male heute zu Bette, der so nötigen Ruhe zu pflegen.

Es war umsonst, und kaum hatte er lange genug gelegen, sich nicht mehr um das nun einmal Geschehene zu ärgern, als das Winseln von Neuem begann. Wieder sträubte er sich gegen die Macht der Umstände, er musste noch einmal aus dem Bette, den dritten Hund hinauszuwerfen und selbst nach seinem Regenschirm tappte er jetzt umher, unter dem Bette, ehe er sich nun wieder hinlegte, umherzufühlen, ob nicht etwa noch solch eine kleine entsetzliche Bestie darunter versteckt sei, die nur auf den Augenblick seines Einschlafens mit boshafter Sicherheit warte. Er konnte nirgends mehr etwas entdecken; Stroh lag noch überall, aber kein Hund, und den Schirm an das Bett lehnend, wie in Vorahnung eines neuen Unheils, hatte er sich eben umgedreht und auf seine Lagerstätte gesetzt, die Beine dann heraufzuziehen unter die

Decke, als ein neues Rascheln, dem bald darauf das unselige Winseln folgte, ihm in Verzweiflung die Jagd aufs Neue beginnen machte. Wohl suchte er jetzt seine Schwefelhölzchen vor, dem Reste dieser unseligen Nachtlärmer auf die Spur zu kommen, er fand sie, aber er hatte kein Licht mehr daran zu entzünden und fürchtete sich auch in dem vielen zerstreuten Stroh umherzuleuchten. Wie leicht konnte da Feuer entstehen, und das war alles, was ihm noch gefehlt. Mit dem Stocke stieß er jetzt in alle Winkel und Ecken, unter dem Bette nach jeder Richtung hin, unter die Kommode, an deren scharfer Kante er sich das Schienbein beschädigte, und unter den Kleiderschrank, gegen den er mit dem Knie so heftig anrannte, dass er gegründete Ursache zu haben glaubte, den Schwamm zu befürchten.

»Vier junge Hunde!«, murmelte er dabei leise vor sich hin. »Wo nur die Alte steckt, oder ob sich die am Ende auch noch meldet? – Vier solche kleine maliziöse Tölen. Und wenn sie sich nur wenigstens gleich alle auf einmal gemeldet hätten, dann könnte ich jetzt wenigstens schon eine Stunde schlafen. Außerdem werde ich mir wohl hier den Tod an den Hals holen mit meiner dünnen Kleidung und dicken Leber; – wenn ich nur den Doktor hier hätte!«, setzte er mit einer Art Ingrimm hinzu, als er sein Lager wieder suchte und sich laut aufseufzend zurück auf das Kissen warf.

Armer Kommerzienrat – deine Ruhe sollte nur von entsetzlich kurzer Dauer sein, denn noch war er nicht einmal in seine Lieblingsstelle gerückt, als das jetzt förmlich unheimlich werdende Winseln von Neuem begann. Wie von einer Natter gestochen sprang er im Bette empor. Fast unwillkürlich suchte auch die Hand nach seinen Pistolen, die er gewohnt war über seinem Bette zu wissen, wenn ihm die Erinnerung daran auch einen Stich durchs Herz gab, suchte nach dem Klingelzuge, Hilfe herbeizuholen gegen solche Qual. Weder das eine noch das andere war zu fühlen; nichts als die kahle schräge Wand, und eiskalt lief es ihm bei dem Gedanken über den Rücken, dass er es doch am Ende hier mit etwas Übernatürlichem zu tun haben könne in dem fremden alten Gebäude. Aber die jungen Hunde waren doch von Fleisch und Bein gewesen, hatte er nicht das warme weiche Fell in seiner Hand gefühlt bei ihnen allen? Und wo kam jetzt der neue Zuwachs her? Welchen Winkel im Zimmer musste er übersehen haben, und blieb es nicht rätselhaft, dass sie sich nur immer so lange stillhielten, bis er eben wieder im Bette lag?

Er wollte es jetzt durchsetzen und die kleine Kröte winseln lassen, solange es ihr beliebte, wickelte sich demzufolge entschlossen in seine Decke, aber – er war nicht imstande es durchzuführen. Der feine winselnde Ton drang ihm durch Mark und Bein und er musste zuletzt wieder heraus, sie den andern nachzuschicken – um wieder und wieder dasselbe Spiel zu erneuern. Wie der unerschöpfliche Hut eines Taschenspielers, der Bouquets und Karten, Perücken, Eier und Taschentücher ausspeit in ununterbrochener Reihe, so lieferte das lockere Bettstroh junge Hunde, und der Kommerzienrat – denn man gewöhnt sich ja an alles –, der es zuletzt anfing ganz in der Ordnung zu finden, dass er sich die Nacht damit beschäftige, junge Hunde aus der Tür zu werfen, tröstete sich beim neunten mit dem Gedanken, dass er noch nie gehört habe, wie eine Hündin mehr als neun Junge gehabt, und beruhigte sich beim zehnten damit, dass er zugab, sie könnten von zwei Hündinnen herrühren. Halb im Schlafe, denn er wurde nach und nach müde von der ungewohnten Arbeit, stand er auf, wenn er die furchtbaren Laute hörte, griff unters Bett, zerrte die immer stärker winselnde Bestie bei den Ohren vor und setzte sie in einem schon kaum mehr bewussten Zustande an die Luft, bis sich die andere meldete.

Erst mit dämmerndem Morgen sollte er Ruhe finden; der halbe Hausknecht von gestern Abend kam schwerfällig die Treppe heraufgeschlurrt, gerade als der Kommerzienrat den siebzehnten aus der Tür schleuderte.

»Da«, schrie er dabei, »habt Ihr noch einen und der nächste, der mir nun noch in die Kammer kommt, den werf ich aus dem Fenster, so wahr wie ich Hieronymus heiße. Ist das hier ein Gasthaus für anständige Reisende, wo die Kammer von Hunden wimmelt?« Und die Tür zuschlagend, dass die Fenster klirrten, warf er sich wieder ins Bett und hörte nur noch wie der Hausknecht den kleinen Köter aufgriff und streichelte und liebkoste und dann langsam mit ihm den Gang zurücktappte, wie er gekommen.

Weiter vernahm er nichts; seine Müdigkeit gewann endlich die Oberhand und er sank in einen festen fast krankhaften Schlaf, aus dem ihn der Hausknecht später, zu der gegebenen Stunde, kaum wieder herausrütteln konnte.

»Da ist schon wieder einer!«, sagte er noch im Traume, der ihn auch selbst die wenigen Stunden hindurch verfolgt haben musste. »Satansbestie, kleine, wenn ich dich jetzt nicht –«

»Papelt der irre?«, sagte der Hausknecht ruhig, seine Operation ihn munter zu bekommen an ihm wiederholend. »He holla – der Kaffee ist auf'm Tisch und die Post wird gar nicht mehr so lange bleiben.«

»Wer ist auf dem Tische?«, fragte der Kommerzienrat, plötzlich munter werdend und sich wie aus einem Pistol geschossen in seinem Bette aufrichtend. »Heilige Mutter Gottes!«, setzte er dann stöhnend hinzu, als ihm die Erlebnisse der letzten Nacht wieder in der Erinnerung auftauchten. »Bin ich nicht am ganzen Leibe wie gerädert und zerschlagen. Und deshalb habe ich die Post weiterziehen lassen, hier eine ordentliche Nachtruhe zu halten, und nun – aber der Mamsell will ich meine Meinung sagen – wo ist die Mamsell?«

Der Mann aber, an den er die Frage zu richten gedachte, hatte sich, nachdem er seine Pflicht erfüllt und den kuriosen Reisenden geweckt, dessen Kleider gereinigt auf dem Stuhle lagen, dessen Stiefel blank und blitzend vor dem Bette standen, wieder zu seinen andern Geschäften zurückgezogen, und dem Kommerzienrat Mahlhuber blieb nichts übrig, als seinen Grimm noch auf kurze Zeit zu verbeißen und sich vor allen Dingen in die Kleider zu werfen. Himmel, wenn er den Postwagen versäumte und am Ende gezwungen gewesen wäre, noch eine Nacht in diesem Hause, in dieser entsetzlichen »grünen Stube« zuzubringen. Aber er hatte noch Zeit genug, und den dienstbaren Geist, der in Erwartung eines Trinkgeldes heute Morgen sehr flink bei der Hand war, wieder heraufrufend, ließ er ihn das Gepäck hinunter ins Packzimmer tragen, damit es gewogen und weiterbefördert werden konnte.

Den Leuten unten aber, und besonders der Mamsell, wollte er einmal tüchtig seine Meinung sagen über eine solche Behandlung – er hatte sich den Rock schon bis oben hinauf zugeknöpft, recht entschlossen und determiniert auszusehen, und ging wirklich ein paarmal in seinem kleinen Zimmer mit schnellen Schritten auf und ab, die Zornesworte sich zu wiederholen, die er gegen sie auszuschleudern gedachte. War das eine Behandlung für einen anständigen Mann, den Kommerzienrat aus dem Spiele zu lassen? War es nicht niederträchtig, einem Kranken den so nötigen Schlaf förmlich abzustehlen, indem man nicht etwa Hunde zu ihm ins Zimmer tat, nein, ihn förmlich in eine ganze Sammlung von kleinen nichtswürdigen winselnden heulenden Kröten hineinsperrte, als wenn man es darauf abgesehen habe, ihn zugrunde zu richten? »Sie – Mamsell, Sie«, wollte er sagen und sie dabei mit einem durchbohrenden Blicke ansehen, »wie dürfen Sie sich unterstehen –«

»Der Kaffee ist fertig«, meldete der Hausknecht wieder, den Kopf über der Treppe zeigend, »und wenn Sie nicht gleich kommen, können Sie keinen mehr trinken.«

Keinen Kaffee trinken – der ganze Tag wäre ihm verloren gewesen, und rasch seine Reisemütze aufgreifend, stieg er mit schnellen entschlossenen Schritten, die aber vorsichtiger wurden, als er die etwas steile Treppe erreichte, hinunter.

Die Mamsell stand unten an der Treppe, und mit ihrem freundlichen Lächeln und einem verschämten Blicke die Augen niederschlagend – sie dachte wahrscheinlich des Moments, in dem sie einander gestern Abend zum letzten Male gesehen – sagte verbindlich:

»Wünsche herzlich wohl geruht zu haben und wollen Sie jetzt nicht gefälligst nähertreten und Ihren Kaffee einnehmen?«

Wohl geruht zu haben – nun auch noch Hohn zu alledem! – Wohl zu ruhen zwischen siebzehn Hunden, ohne die Alte, das war zu arg, und jetzt sollte sie es bekommen. »Liebe Mamsell«, sagte der Kommerzienrat mit einer Stimme, der sich aber Rührung über das erlittene Unrecht beimischte, und die deshalb viel weicher klang als es überhaupt in seiner Absicht gelegen, »liebe Mamsell, ich möchte Sie sehr bitten –«

»Ach, verehrtester Herr Mahlhuber«, unterbrach ihn aber die Mamsell rasch und fast ärgerlich, »Sie haben ja gar nicht um Entschuldigung zu bitten – ich war ja eigentlich Schuld daran.«

»Um Entschuldigung bitten?«, fragte der Kommerzienrat, dem in dem wärmern Zimmer die Brille angelaufen war, indem er den Kopf niederbog, über die Gläser wegzusehen. »Um Entschuldigung bitten –«

»Ich glaubte, Sie hätten sich lange zur Ruhe begeben – und wagte deshalb –«

»Ruh' begeben?«, wiederholte der Kommerzienrat und bog sich immer mehr herunter, den Ausdruck in der Wirtin Gesicht zu sehen.

»Glauben Sie, verehrteste Mamsell, dass man sich überhaupt zur Ruh' begeben kann, wenn man das ganze Zimmer voll Hunde hat?«

»Voll Hunde, Herr Mahlhuber? – Aber ich bitte Sie um Gottes willen, wieso denn voll Hunde?«

»Wenn man berechtigt ist«, sagte der Kommerzienrat, seinen Grimm jetzt an dem mehr zugänglichen Kaffee auszulassen, indem er zum Tisch trat, sich eine Tasse einschenkte und während des folgenden Gesprächs trank, »fast anderthalb Dutzend mit dem Beiwort ›voll‹ zu belegen, so kann ich verantworten, was ich behaupte; wollen Sie so freundlich sein und mir meine Rechnung geben?«

»Anderthalb Dutzend Hunde? – Aber bester Herr Mahlhuber – bitte – 2 Gulden 15 Kreuzer macht das Ganze – anderthalb Dutzend Hunde? – Wir haben nur einen einzigen kleinen jungen Pudel im Hause, den der Herr Postmeister vorige Woche erst mit von Bamberg gebracht hat.«

»Einen einzigen?«, rief Herr Mahlhuber entrüstet, indem er das Geld für sein Abendessen und Nachtquartier auf den Tisch legte. »Nennen Sie das einen einzigen? – Siebzehn, sage ich Ihnen, siebzehn habe ich in dieser einen unglückseligen Nacht mit eigenen Händen unter meinem Bette vorgeholt und aus der Tür geworfen, und – die Alte ist vielleicht noch oben.«

»Siebzehn Hunde?«, rief die Mamsell, das Geld erst überzählend und einsteckend und dann die Hände über dem Kopfe zusammenschlagend. »Siebzehn junge Hunde?«

Der Kommerzienrat nickte durch die Tasse Kaffee durch, die er gerade an den Lippen hielt.

»Aber wir haben nur einen einzigen im Hause, der allerdings immer da oben liegt und den ich gestern ganz vergessen hatte.«

»Wollen Sie mir meine fünf Sinne und die schlaflose Nacht abstreiten?«, rief der Reisende.

»Ach du mein Himmel!«, rief die Mamsell, der jetzt plötzlich ein Licht über das Ganze aufzugehen schien. »Da ist die kleine Kröte immer wieder durch das eingeschnittene Loch ins Zimmer gekommen.«

»Was für ein Loch?«, rief der Kommerzienrat erschrocken.

»Was der Herr Postmeister hat oben in die Wand schneiden lassen, damit das kleine Tier die Stube nicht verunreinigen soll, wenn die Tür verschlossen wäre.«

»Und Sie haben nur einen Hund?«

»Nur einen einzigen in der Welt.«

»Und da hätt' ich die kleine infernalische Bestie siebzehn verschiedene Male zur Tür hinausgeworfen und jedes Mal hinter ihr abgeschlossen, während sie zu dem verdammten Loche wieder hereinkam?«

Die Mamsell wollte etwas darauf erwidern, als in dem Augenblick die heranpolternde Post und das fröhliche Blasen des Postillions sie abrief. Froh vielleicht, einem so unangenehmen Gespräch enthoben zu sein, sprang sie rasch hinaus, nach den neuen Passagieren zu sehen, ob sie vielleicht etwas verlangten, und der Kommerzienrat hatte ebenfalls keinen Augenblick Zeit mehr zu verlieren, seine Passage und Überfracht zu bezahlen und einzusteigen.

Wie er gerade, von dem Hausknecht gefolgt, der seine Utensilien trug, aus der Tür treten wollte, saß der kleine Pudel ihm mitten im Wege und kratzte sich mit dem nur zu gut gekannten Winseln den wolligen Pelz. Der Kommerzienrat hob auch in der Tat schon den Fuß, die kleine Bestie wenigstens in etwas für die schlaflose Nacht auszuzahlen, aber seine angeborene Gutmütigkeit siegte; tief aufseufzend umging er den sich wenig oder gar nicht um ihn bekümmernden Pudel, der seine Beschäftigung ruhig fortsetzte, und bestieg, ohne auch nur einen Blick zurückzuwerfen, den Postwagen.

6. Die verhängnisvollen Schuhe

Die vorige unruhige Nacht hatte den sonst an seine ununterbrochenste Ruhe und jede Bequemlichkeit gewöhnten Mann so mitgenommen, dass er seine neue Reisegesellschaft, ohne sich auch nur im Mindesten um sie zu bekümmern, kaum begrüßte, sondern sich nur in die Ecke zurücklehnte und die Augen schloss, das Versäumte jetzt wenigstens in etwas und nach besten Kräften nachzuholen. Das Glück war ihm diesmal auch günstiger, seine Mitpassagiere nickten ebenfalls hüben und drüben in den Ecken, und der Kommerzienrat schlief fest bis nach Burgkunstadt hinein, wo sie um zwei Uhr nachmittags eintrafen und etwas später mit dem abgehenden Eisenbahnzuge nach Bamberg befördert werden konnten.

Hier aber begann wirklich ein anderes Leben für den Kommerzienrat; in seinem ganzen Leben war er noch auf keiner Eisenbahn gefahren, und auch das Kleinste, Unbedeutendste, was mit derselben in Verbindung stand, bis auf die geflügelten Räder der Knöpfe und Mützenzierraten hinunter, interessierte ihn. Gerührt schien er ordentlich über die Gefälligkeit der ihm doch wildfremden Menschen, seinen Regenschirm oder was er sonst in der Hand hielt, zu tragen – wer hätte sich selbst in Gidelsbach so weit um ihn bekümmert, und er streute die Kreuzer nur so um sich her. Er bedurfte aber auch fremder Menschen, ihn und sein Gepäck wieder richtig an Ort und Stelle abzuliefern, dass er die Restauration und das Gepäckzimmer, den Billettverkauf und sein Coupé fand. Behaglich dort in eine Ecke und das weiche Polster gedrückt, hörte er mit einem eigentümlichen unheimlichen Wohlbehagen das scharfe Pfeifen der Lokomotive, fühlte die Wagen anziehen und sah sich gleich darauf zu seinem unbegrenzten Erstaunen mit einer Schnelligkeit fortgerissen, von der er früher allerdings keine Ahnung gehabt.

Das Coupé war ziemlich voll und der Kommerzienrat befand sich zwischen einer ganzen Anzahl von Damen, die, schon eine längere Strecke zusammen gefahren, miteinander flüsterten und schwatzten und sich heimlicherweise ihre Bemerkungen über den frisch eingestiegenen Mitpassagier in die Ohren flüsterten. Mit ihm zugleich gekommen war ein junges bildschönes Mädchen von vielleicht 18 oder 19 Jahren, und die im Wagen Sitzenden mussten natürlich glauben, wovon Kommerzienrat Mahlhuber auch nicht die Ahnung hatte, dass sie beide zusammengehörten. Die verschiedenen Ansichten boten jetzt ungemeines Interesse, ob sie ein jung verheiratetes Paar oder Vater und Tochter sein könnten.

So unschuldig aber auch Freund Mahlhuber unter diesem förmlichen Schauer von Vermutungen saß und sich nur für alles interessierte, was mit der Bewegung und Einrichtung der Bahn und der verschiedenen Wagen selber wie ihrer Fortbewegung in Verbindung stand, so aufmerksam hatte das scharfe Ohr seiner jungen Nachbarin die einzelnen Worte hier und da aufgefangen, und ihre Blicke hafteten mehrere Male, solange sie das unbemerkt tun konnten, auf ihrem Nachbar.

Sehr einfach, aber geschmackvoll gekleidet, trug sie einen enganschließenden Oberrock von ungebleichter Seide mit einem rosaseidenen

Halstuche und in der Hand einen breitränderigen Strohhut mit einem einfachen seidenen Bande, dann einen Sonnenschirm und eine ziemlich vollgepackte, etwas unbequeme Reisetasche, die sie neben sich stehen hatte und auf die sie ihren linken Arm stützte. Sie sah aus wie eine junge Dame, die ein paar Stationen fährt, irgend Verwandte zu besuchen, dort vielleicht ein oder zwei Nächte zu bleiben und dann in demselben Kleide nach Hause zurückzukehren. Nichtsdestoweniger hatte sie etwas Unruhiges in ihrem Benehmen, das den scharfbeobachtenden Damen im Coupé keineswegs entgangen war, und bloß an dem gutmütigen Lächeln des Kommerzienrats spurlos vorüberglitt. Nur ein einziges Mal, als sie das große dunkle Auge, gerade wie die Aufmerksamkeit der Übrigen nach anderer Richtung hingezogen wurde, auf ihn mit einem so ängstlich fragenden Blick geheftet hielt, fiel es ihm selber auf und er wollte sich in der Tat schon erkundigen, ob sie etwas von ihm wünsche oder ob er irgendjemandem aus ihrer Bekanntschaft, der er aber natürlich nicht wäre, frappant ähnlich sähe. Sie drehte jedoch das Köpfchen gleich darauf wieder leise errötend nach der andern Seite, und er dachte nicht weiter daran.

»Es ist jedenfalls Mann und Frau«, sagte indessen die eine alte Dame auf der andern Seite des Coupés, die sich zu der ihr gegenüber Sitzenden mit dem Oberkörper vorbog, damit sie, in dem Klappern der Wagen, nicht zu schreien brauche, »sie reden fast gar nicht miteinander und die junge Frau dreht nur manchmal das Köpfchen nach ihm herum, zu sehen was er für ein Gesicht macht.«

»Der alte Esel hätte eher an sein Grab als an die Heirat mit einem so jungen Dinge denken sollen – wenn's wahr ist –«, sagte die andere.

»Ich möchte nur wissen wie lange das dauern wird«, meinte die Erste wieder und stahl einen Seitenblick nach der jungen Frau, den sie aber augenblicklich anscheinend gleichgültig zum Fenster hinauswarf, als sie deren Auge fest auf sich geheftet fand; »sie kann das doch nicht gehört haben«, setzte sie schnell und leise hinzu.

»Und was wär's?«, sagte die andere, den Kopf hinüberwerfend. »Jeder hat ein Recht zu seiner Meinung, sollt' ich denken.«

Die dem Kommerzienrat gegenübersitzende Dame hatte indessen kaum einen Augenblick ruhig gesessen, sondern bald auf dem Sitze herum, bald mit den Füßen unter sich gefühlt und bald ihre Röcke beiseite gedrückt und an des Kommerzienrats rechtem und linkem Beine heruntergesehen.

»Suchen Sie etwas?«, fragte dieser endlich gefällig, und sie hatte wirklich noch nichts anderes getan die ganze Zeit.

»Ach das ist mir sehr fatal« sagte die Dame, »ich muss meine Überschuhe zu Hause haben stehen lassen, denn ich erinnere mich nicht, sie hier im Wagen ausgezogen zu haben, und sie sind doch nirgends zu sehen. Wenn wir jetzt noch Regen bekommen zu den schon so schmutzigen Wegen, kann ich mit meinen dünnen Zeugstiefeln im Schlamme herumwaten.«

»Wenn Sie mir erlauben«, sagte der Kommerzienrat und machte einen verzweifelten, wenn auch völlig erfolglosen Versuch sich zu bücken, »so will ich selber einmal nachsehen.«

»O bitte, bemühen Sie sich nicht – ach das ist mir doch recht fatal«, sagte die Dame, eine recht nette, noch ziemlich jung und frisch und blühend aussehende Frau.

»Ja, man ist auf der Reise so manchen Unannehmlichkeiten ausgesetzt«, sagte der Kommerzienrat seufzend, »man muss so manches entbehren, dessen Nützlichkeit und Notwendigkeit man wirklich erst einsieht, wenn man es vermisst.«

»Ja, und besonders wenn man leidend ist«, sagte die junge hübsche Frau mit einem tiefen Seufzer, indem sie jede Hoffnung auf die Überschuhe aufzugeben schien, und neben dem Kommerzienrat hin zum Fenster hinaussah; »ich kann mir den Tod holen in meinen dünnen Schuhen.«

»Es ist unendlich fatal«, sagte der Kommerzienrat und sah noch einmal nach links auf die Knie der verschiedenen Damen nieder, die ihm jede Aussicht nach unten rettungslos versperrten.

»Ich gehe nie in Zeugstiefeln«, sagte eine dicke Dame in einem papagaigrünen seidenen Hute und blauen Blumen darin, mit sehr rotem Gesichte und einem Paar entsetzlich großer emaillierter Ohrringe, die rechts und links aus dem Hute heraushingen – sie saß dicht neben der jungen Frau, dem Kommerzienrat schräg gegenüber, und hatte indessen eben eine gestrichene Semmel mit Käse beendet, die einen warmen unangenehmen Geruch im Coupé verbreitete –; »ich trage bei schmutzigem Wetter immer Lederschuhe, und die sind mir noch manchmal zu heiß. Durch die Überschuhe verdirbt man sich die Füße.

Männer tragen sie und mögen sie tragen – Männer rauchen auch Zigarren, aber ich halte Überschuhe für etwas Unweibliches.«

Der Kommerzienrat, der keinesfalls den ganzen Sinn der Worte verstanden, nahm das wunderbarerweise für ein ihm gemachtes Kompliment, wenigstens verneigte er sich gegen die Dame und sagte verbindlich:

»Ich kann mich auch nie erinnern, Überschuhe getragen zu haben, obgleich mein kränklicher Zustand mich wohl dabei würde entschuldigt haben. Dorothee, weiß ich, drang oft in mich, mir ein Paar anzuschaffen, aber ich sträubte mich hartnäckig dagegen – ich habe Frostballen am linken Fuß.«

»Dorothee heißt sie«, sagte die eine Dame an der andern Seite des Coupés leise zu ihrer Freundin.

»Sie sehen aber gar nicht aus, als ob Sie einen kränklichen Zustand hätten«, erwiderte ihm die dicke Dame mit den großen Ohrringen. »Es ist merkwürdig, was die Männer immer gleich pimpeln und lamentieren, wenn ihnen einmal der Finger wehtut, und uns nennen sie das schwache Geschlecht! Sie sollten einmal unsere Schmerzen zu ertragen haben.« Und sie nickte dabei mit dem Kopfe und sah sich unter ihren Nachbarinnen mit einem triumphierenden Blicke ringsum, der nicht Anerkennung suchte, nein, der wusste, dass er sie zu fordern hatte.

»Nun, ich weiß doch nicht«, meinte der Kommerzienrat, und in der Furcht in dem Klappern des Wagens nicht gehört zu werden, schrie er dabei etwas mehr als gerade nötig gewesen wäre; »ich zum Beispiel leide, nach einer sehr schmerzhaften Operation, deren Folgen vielleicht noch im Hintergrunde für mich lauern, an gelber Hypertrophie, die mir große Sorgen bereitet und mich in der Tat auf Reisen getrieben hat.«

»Überdrofi?«, fragte die dicke Frau erstaunt. »Wer hat schon in seinem Leben von Überdrofi gehört? Was sie jetzt für verrückte Namen für alle Krankheiten haben!«

»Es ist eine speckige Entartung der Leber«, sagte der Kommerzienrat rasch und sehr erfreut, die Dame mit den großen Ohrringen in etwas belehren zu können, »eine Art Fettleber, die, völlige drei Zoll zu groß für den übrigen Bau meines Körpers, an Rippen, Zwerchfell und Magen anstößt und mir die bedauerlichsten Unbequemlichkeiten veranlasst.

Ein Fahren im Wagen ist mir deshalb von meinem Arzte als eine Art Passivgymnastik besonders empfohlen worden.«

»Als was?«, fragte die dicke Dame und sah ihn groß und erstaunt mit ihrem vollen roten Gesicht an.

»Als eine Art Passivgymnastik.«

»Das Fahren?«

»Jawohl –«

»Nun Gott sei Dank«, sagte die dicke Dame und warf wieder einen Blick umher wie vorher, »und reist ihre Frau auch auf Passiv-, wie hieß das andere?«

»Gymnastik – meine Frau?«, setzte der Kommerzienrat überrascht hinzu und die andern Damen steckten die Köpfe zusammen. Ehe er aber noch etwas weiter darauf erwidern konnte, pfiff die Lokomotive, der Zug ging langsam und die junge hübsche ihm gegenübersitzende Frau mit den vergessenen Überschuhen stand auf, ihr Umschlagetuch, das zurückgefallen war, wieder über die Schultern zu nehmen.

»Sie wollen uns hier schon verlassen?«, fragte der Kommerzienrat, während die dicke Frau sich von ihm abbog und ihre Nachbarin zur Rechten, in einem Versuch der an der andern Ecke sitzenden Dame etwas zuzuflüstern, fast erstickte.

»Ja, ich gehe nur bis Hochstadt«, lautete die Antwort, während die Sprecherin aus dem Fenster und nach den Wolken schaute; »lieber Gott im Himmel«, setzte sie dabei ängstlich hinzu, »da hinten steigen wirklich schon Wolken auf und wenn wir noch mehr Regen bekommen, bin ich verloren.«

»Sie werden sich ein Paar andere Schuhe kaufen müssen«, sagte der Kommerzienrat wohlmeinend, »es wird wirklich das Beste für Sie sein.«

»Ach das viele Geld so hinauswerfen«, sagte die kleine Frau seufzend, »es wird mir aber am Ende nichts anderes übrig bleiben, und ich glaubte so fest, dass ich sie mithätte.«

»Nun, vielleicht finden sie sich noch«, suchte sie Herr Mahlhuber zu trösten; aber der Trost war sehr schwach, denn der Zug hielt in diesem Augenblick und die junge Frau stieg, wie das Coupé geöffnet wurde, mit freundlichem Gruß aus.

»Station Hochstadt!«, sagte der Konducteur. »Der Zug wird gleich wieder fortgehen.«

Der Kommerzienrat hatte ihr eben den Reisebeutel nachgereicht, als draußen ein Kellner mit Bier vorüberkam. Herrn Mahlhuber durstete, ebenfalls eine Folge seines Leberleidens, wie er sich selber entschuldigte, fortwährend, und er gedachte nicht eine so gute Gelegenheit vorbeizulassen, den Durst zu löschen. Wie er aber ausstieg, warnte ihn der Kondukteur, den Zug nicht zu versäumen, der den Augenblick wieder abgehen würde.

»Nur einmal trinken, lieber Freund«, sagte der Kommerzienrat bestürzt, »ich habe ein Leberleiden, die gelbe Hypertro–«

»Ja, von der kommt's«, lachte der Mann, ebenfalls ein Glas auf einen Zug leerend und sich den Bart wischend, »das weiß der Henker, die ist immer trocken«, und ohne sich weiter mit dem Passagier einzulassen, ging er seinen Geschäften nach den Zug hinunter.

Kommerzienrat Mahlhuber trank sein Bier aus, bis auf die Nagelprobe, sprang aber gleich darauf erschrocken, als die Lokomotive einen kleinen Pfiff tat, in das Coupé zurück, solche Angst hatte er dagelassen zu werden. Übrigens blieb ihm auch gar nicht viel Zeit, denn als er eben noch zum Fenster hinaussah, pfiff es draußen wirklich und der Zug setzte sich langsam in Bewegung. Wie sie an den Bahnhofgebäuden vorüberfuhren, sah er die junge Frau, die von ihnen ausgestiegen und deren Platz ein junger Mensch mit semmelblonden Haaren eingenommen, draußen nicht weit von den Schienen stehen. In dem Augenblick berührte aber auch zufällig sein Fuß etwas im Wagen, das ihm wie ein Überschuh vorkam, und rasch, in der Erregung des freudigen Gefühls, ein gutes Werk zu vollführen, und selbst auf die Gefahr hin, seiner Leber Schaden zu tun oder ein paar Knöpfe abzusprengen, fuhr er mit der linken Hand hinunter und erfasste wirklich zwei dort stehende große Schuhe.

»Hier sind Ihre verlorenen Schuhe, Madame!«, rief er in vollem Jubel hinaus.

»Ach, ist es möglich?«, rief die junge Frau und streckte die Arme danach aus. An ein artiges Überliefern war aber gar nicht mehr zu denken, denn der Zug fing schon an rasch zu gehen, und mit wirklich lobenswerter Entschlossenheit ergriff er die beiden Schuhe und warf sie nach der Richtung hin, wo die Dame stand, die mit freundlichem Handwinken ihm für seine Gefälligkeit, als er sich noch lächelnd nach ihr hinaus aus dem Fenster bog, dankte.

»Herr, sind Sie des Teufels?«, schrie in dem Augenblick die dicke ihm schräg gegenübersitzende Dame und wurde kirschrot im Gesicht vor Zorn und Aufregung. »Sie haben meine Schuhe aus dem Fenster geworfen – Halt da! – Halt! – Halt!«, schrie sie dabei und drängte sich in wilder Aufregung dem offenen Fenster zu, die ihr im Wege Sitzenden mit Keilkraft auseinandertreibend. »Halt!«, schrie sie, sehr zum Ergötzen der draußenstehenden Bahnwärter und Arbeiter, denn an den Gebäuden waren sie schon vorüber. »Halt, meine Schuhe – ich muss meine Schuhe haben – ich kann nicht ohne meine Schuhe weiterfahren!«

Grinsende Gesichter der Draußenstehenden waren alles, was man ihr darauf antwortete. »Brrrr!«, riefen wohl einige, in boshaftem Spotte die Lokomotive mit einem durchgehenden Pferde vergleichend, und ein anderer stellte sich hin und ahmte mit den Armen das Arbeiten eines Telegrafen nach, der in gewaltiger Eile irgendeine wichtige Botschaft meldet; aber Mitleiden durfte sie von den Leuten nicht erwarten – noch weniger ihre Schuhe, und wenige Sekunden später hatte der Zug die Station weit und unerreichbar hinter sich.

»Herr, Sie sind wert, dass man Sie hinter den Schuhen her würfe«, wandte sich jetzt der Grimm der dicken Frau gegen den entsetzten Kommerzienrat, der sich im Anfange noch nicht einmal recht in das Unheil, das er angerichtet, hineindenken konnte, »jetzt kann ich barfuß laufen.«

»Aber ich denke, Sie tragen keine Überschuhe«, rief der entsetzte Mann, der sich, in der peinlichsten Lage von der Welt, nur noch an diesen letzten Hoffnungsanker klammerte.

»Überschuhe – wer redet von Überschuhen!«, schrie die Frau, den jungen semmelblonden Mann fest in seine Ecke hineindrückend. »Dass der Böse Ihre Überschuhe hole; meine Schuhe haben Sie hinausgeworfen.«

»Ihre Schuhe?«, fragte der Kommerzienrat in unbegrenztem Erstaunen, während die andern Frauen untereinander lachten und kicherten. »Aber wie ist das möglich?«

»Möglich?«, wiederholte die gereizte Dame mit blitzenden Augen. »Möglich? Ich hatte sie abgezogen, weil sie mir zu heiß wurden – ich leide an heißen Füßen; jetzt sitz ich in Strümpfen.«

»Aber ich bitte Sie um Gottes willen!«

»Gehen Sie zum Teufel mit ihren Bitten!«, schrie die gereizte Frau und das Gesicht wurde ihr ordentlich braun in der furchtbaren Aufregung. »Nun sitz' ich hier barfuß und kann mir den Tod holen, bis ich nach Bamberg komme.«

»Aber ich gebe ihnen mein Ehrenwort –«

»Behalten Sie Ihr Ehrenwort und geben Sie mir meine Schuhe!«, schrie die Amazone.

Das junge Mädchen an seiner Seite war, außer dem jungen blonden Mann, der noch gar nicht verstand, um was es sich hier eigentlich handelte und ein etwas verdutztes Gesicht in das allgemeine Vergnügen hinein machte, die Einzige von den Zuschauern gewesen, die nicht gelacht hatte; oder sie wollte es auch vielleicht verbergen, denn sie bog das Köpfchen, wie der Blonde in den Wagen stieg, tief nieder, als ob sie den Ausdruck ihres Gesichts – vielleicht das ganze Gesicht – verbergen wollte. Während des von weiblicher Seite leidenschaftlich genug geführten Gesprächs sagte sie auch kein Wort, und in der Tat ließ auch die Dame in dem papagaigrünen Hute, in dem Bewusstsein ihrer schändlich missbrauchten hilflosen Lage, niemand anderes zu Worte kommen.

»Aber, liebste Madame –«, sagte der Kommerzienrat in einem trostlosen Versuche, sie zu besänftigen.

»Gehen Sie mir mit Ihrer Madame«, schrie die Frau, »schaffen Sie mir meine Schuhe – Herr! Wer gibt Ihnen ein Recht hier, anderer Leute Schuhe zum Fenster hinauszuwerfen?«

»Aber ich will sie Ihnen mit größtem Vergnügen bezahlen –«

»Und was zieh' ich denn jetzt an? Soll ich etwa barfuß oder in Strümpfen in Bamberg zu einem Schuster laufen?«

»Ich würde Ihnen gern ein Paar von den meinigen –«

»Haben Sie Schuhe bei sich?«

»Schuhe? Nein, aber Stiefel –«

»Glauben Sie, dass ich in Männerstiefeln in der Stadt herumlaufen soll?«, rief die Schöne entrüstet. »Nein, ist schon jemandem eine solche Unverschämtheit vorgekommen?«

»Aber was um des Himmels willen verlangen Sie, das ich tun soll?«, rief der Kommerzienrat in Verzweiflung. »Das Unglück ist einmal geschehen und ich kann nicht mehr tun, als dass ich Ihnen selber überlasse zu bestimmen, was ich tun soll.«

Die dicke Dame hatte aber noch gar nicht die Absicht, den durch ihr erlittenes Unrecht gewonnenen Vorteil, das Wort allein zu haben, sobald wieder aufzugeben, und erst als der Kommerzienrat in dumpfem unheilvollen Schweigen und tief aufseufzend in seine Ecke zurücksank, zeigte sie sich bereit, überhaupt auf Unterhandlungen einzugehen, die dahin endeten, dass der unglückliche Mann vor allen Dingen sechs Gulden für ein Paar neue Schuhe auszahlte, ferner nach der letzten Station versprechen musste, zurücktelegrafieren zu lassen, dass die verwechselten Schuhe mit dem nächsten Zuge in den »Goldenen Ochsen« nach Bamberg geschickt würden, und außerdem seinen Reisesack öffnete und der dicken Madame seine dunklen tuchenen ganz neuen Pantoffeln, die er kaum zwei Mal an den Füßen gehabt und die auf Versuch vollkommen gut passten, anbot, in Bamberg wenigstens damit in einen Schuhladen gehen zu können, den Schaden zu ersetzen. So dreifach entschädigt beruhigte sich die Dame wenigstens insoweit, das erlittene Unrecht in die Busen ihrer Nachbarinnen auszuschütten und mit den schon benutzten Hausschuhen des Kommerzienrats – denen sie verleumderischerweise nachsagte, dass sie ihr zu weit wären – zu scharren.

Der semmelblonde junge Mann hatte indessen bei genauerer Musterung des Coupés auch das junge Mädchen bemerkt und, von dem Anblick seiner übrigen Reisegefährten rasch befriedigt, seinen Blick länger und aufmerksam auf ihr ihm noch halb entzogenes Antlitz geheftet. Der Blick wurde aber, schon während des Tumults im Coupé, forschender, als er wirklich bekannte Züge zu entdecken glaubte, bis die junge Dame, die doch nicht immer in der niedergebückten Stellung bleiben konnte, den Kopf einmal in die Höhe hob und er nun sah, dass er sich nicht getäuscht hatte.

»Wenn ich nicht irre, mein Fräulein«, redete er sie jetzt an, während seine Nachbarin zur Rechten noch immer gegen sein Vis-à-vis ein Kreuzfeuer hinüberdonnerte, »habe ich das Vergnügen, Fräulein Redmeier vor mir zu sehen?«

Das junge Mädchen wurde purpurrot im Gesicht und stammelte verlegen einige Worte.

»Sie waren, glaub ich, im vorigen Monat –«, die Frau schrie jetzt so dazwischen, dass er für eine Zeit lang den Versuch aufgeben musste, und erst später, als sie sich endlich beruhigt, begann er wieder: »Sie waren, glaub ich, im vorigen Monat in Schweidnitz bei meinen Eltern – Karl schrieb uns, dass er unendlich glücklich sei.«

Das junge Mädchen verneigte sich wieder halb gegen ihn, und während sich der Kommerzienrat mit einem aus tiefster Brust geholten Seufzer, nach beendigter Unterhandlung, in seine Ecke zurücklehnte und das Reisen verwünschte, das ihm nun schon seit er den Postwagen bestiegen, ihm dem ruhigen, gesetzten Mann, fast nur eine Reihe von Abenteuern und Fährnissen in den Weg geworfen, fuhr der junge semmelblonde Mann in seiner süßen Weise fort: »Sie werden einen braven wackern Mann in ihm finden – und er spielt vortrefflich die Violine. – Gott sei Dank, er hat es nicht nötig, aber in den Abendstunden ist es doch eine sehr angenehme Erholung – er wird Sie auf den Händen tragen.«

Die junge Dame wechselte indessen mehrmals die Farbe und schien in einer ziemlichen Verlegenheit, was aber der junge semmelblonde Mann gar nicht bemerkte, sondern in seiner faden süßlichen Weise fortfuhr.

»Aber wo wollen Sie denn eigentlich hin?«, unterbrach er sich plötzlich, als ihm der Gedanke das Hirn kreuzte. »Wie mir Mama geschrieben hat, erwarten sie doch Karl morgen oder übermorgen zu Hause und ich habe mich eigentlich nur hier in Hochstadt aufgesetzt, um mir in Bamberg, wo ich sehr bekannt bin und meinen alten Schneider habe, einen Anzug anmessen zu lassen – es ist merkwürdig, wie stark ich in dem letzten Jahre geworden bin; das gute Bier hier kräftigt den Körper ungemein.«

Sein Blick fiel in diesem Moment auf den Kommerzienrat und er sagte rasch, mit einer halben fast erschrockenen Verbeugung:

»Doch nicht Ihr Herr Onkel, wenn ich fragen darf? – Sie hatten ihn ja wohl erwartet?«

»Ja«, hauchte die junge Dame in wirklich tödlicher Verlegenheit, und der Kommerzienrat, der sich eben den Schweiß von der Stirn trocknete und, noch mit dem Gedanken an seine Schuhe beschäftigt, gar nicht darauf gehört hatte, was seine beiden Nachbarn miteinander verhandelten, und dem also auch die letzten Worte gänzlich entgangen waren, erwiderte in aller Unschuld halb verbindlich, halb verlegen die tiefe, ehrfurchtsvolle Verbeugung des jungen Mannes, der ihm in einigen undeutlichen Worten, die auch größtenteils das Klappern der

Wagen verschlang, versicherte, dass er sich unendlich glücklich schätze, seine werte Bekanntschaft zu machen, und dass er hoffe, wie sie als künftige Verwandte recht gute und treue Nachbarschaft halten würden.

Der Kommerzienrat Mahlhuber, der keine Idee davon hatte, was der junge fade Mensch von ihm wolle und noch viel weniger sich daraus machte, verbeugte sich noch einmal und lehnte sich dann wieder, zufrieden, einem weitern Gespräch mit ihm enthoben zu sein, in seine Ecke zurück. Die Dame in dem papagaigrünen Hut, der daran lag, zu wissen, wer der Unmensch sei, der ihre Schuhe zum Fenster hinausgeworfen, benutzte aber die erste Gelegenheit, wo der junge blonde Mann sich wieder gerade aufrichtete, ihn mit halb unterdrückter Stimme zu fragen, wer der Mensch da drüben sei und wie er heiße.

Der junge Mann, dem daran lag, die Dame wissen zu lassen, mit wem er verwandt sei, vertraute ihr ebenso leise, dass er der Herr Regierungsrat Redmeier und jetzt gerade von Nordamerika zurückgekehrt sei, wohin er im Auftrage der Regierung eine Reise gemacht.

Die dicke Dame erschrak; ein Regierungsrat – und was für Grobheiten hatte sie ihm angetan; wenn er das nun dem König wiedersagte – und also das war der Onkel von der jungen Frau – nicht der Mann? –

Gott bewahre! Die junge Dame heiratete in nächster Zeit seinen ältesten Bruder, den Referendar Fädchen, einen braven wackern jungen hübschen Mann, der auch vortrefflich Violine spielte. Gott sei Dank, er hatte es nicht nötig, aber in den Abendstunden war es doch sehr angenehm. Er selber war Ökonom auf einem Gute in der Nähe von Hochstadt – hatte eine sehr gute Stelle – sein Prinzipal konnte gar nicht ohne ihn fertig werden – er führte die ganze Wirtschaft – er spielte auch Klavier, aber nicht so gut wie sein Bruder die Violine.

Der junge Fädchen hatte seinen Kopf soweit als möglich abgebogen, damit die Braut nicht etwa hören sollte, dass von ihrem Bräutigam gesprochen wurde.

»Bester Herr«, flüsterte das junge Mädchen da rasch und heimlich dem ausruhenden Kommerzienrat zu, indem sie vorsichtig seinen Arm berührte.

»Bitte tausend Mal um Entschuldigung«, murmelte der Kommerzienrat, der wahrscheinlich glaubte, dass er sie angestoßen habe. –

»Bester Herr«, wiederholte das arme Mädchen in Todesangst, denn der günstige Moment konnte schon im nächsten Augenblick verflossen sein, »wenn Sie Mitleid mit einem armen Mädchen haben wollen, so widersprechen Sie mir nicht und steigen Sie in Lichtenfels mit aus – sei es auch nur sich in ein anderes Coupé zu setzen – die Verzweiflung und Not treibt mich zu diesem Schritt, und Sie leisten einem unglücklichen Wesen einen großen Dienst.«

»Hallo!«, dachte der Kommerzienrat und sah überrascht seine Nachbarin an, deren liebes, von der Erregung der eigentümlichen Situation rosig übergossenes Antlitz so bittend und vertrauend, so ängstlich und kummervoll zu ihm aufgehoben war, während in den treuen dunklen Augen ein ganzer Himmel lag. Er begriff auch gar nicht, da er kaum die Hälfte der Worte verstanden, was sie eigentlich von ihm wollte, hätte es aber auch nicht übers Herz bringen können, nein zu ihr zu sagen, was es auch gewesen sein mochte. Lange Zeit zum Überlegen wurde ihm dabei gar nicht gelassen, denn Herr Fädchen, dem es nicht entgangen war, dass seine künftige Schwägerin etwas mit ihrem Onkel geflüstert und ihm wahrscheinlich mitgeteilt haben mochte, wer er selber sei – der alte Herr hatte ganz erstaunt dabei ausgesehen –, glaubte jetzt für sich selber wieder den günstigen Zeitpunkt gekommen, ein Wort einfließen zu lassen.

»Sie haben doch hoffentlich eine gute Reise gehabt, verehrter Herr Regierungsrat?«, sagte er mit seiner süßen, auf alles gefassten Stimme, die jeder Biegung, nur nicht des Widersprechens fähig war.

»Regierungsrat?« Der Kommerzienrat wollte gegen einen solchen, ihm nicht zustehenden Titel protestieren, aber der leise Druck, den er an seinem Arme fühlte, war ihm dasselbe, was dem Gefangenen das Bewusstsein der Kette ist – er war nicht mehr frei, und in einer dunklen Ahnung von allen möglichen neuen Unbequemlichkeiten machte er wieder eine etwas ungeschickte Bewegung gegen den jungen Blonden.

»Sie haben doch hoffentlich eine gute und glückliche Reise gehabt?«, schrie dieser aber jetzt lauter als vorher, weil er glauben mochte, der alte Herr habe ihn nicht verstanden, und auch ein dunkles Gefühl hatte, als ob ihm einmal jemand gesagt, er höre etwas schwer.

»Gute Reise?«, brummte der Kommerzienrat, dem die in den letzten 48 Stunden ertragenen Leiden vor der Seele im Nu emporstiegen. »Glückliche Reise? – Bis jetzt war's eine Marterpartie, und wenn ich Dorothee gefolgt hätte ...«

»In Bamberg werde ich mir das Vergnügen machen, Sie bei einem Onkel von mir einzuführen«, schrie der junge hoffnungsvolle Mann wieder, »er hat eine Materialienhandlung und ist ein vortrefflicher alter Herr – spielt auch ausgezeichnet die Flöte – er wird uns heute Abend etwas vorspielen – er tut das alle Abende, manchmal zwei, drei Stunden lang – es ist ein prächtiger alter Kauz. – Sie gehen doch bis Bamberg?«

Der Kommerzienrat, der nur eine unbestimmte Ahnung hatte, wo Bamberg lag, hätte schon einen Umweg gemacht, als er nur von der Flöte hörte, denn erstens war ihm jedes Instrument unangenehm, die Maultrommel ausgenommen, und dann die Flöte noch besonders verhasst vor allen übrigen. Er fühlte aber auch, dass er hier mit dem jungen hübschen Mädchen und dem so laffig aussehenden jungen Burschen jedenfalls in eine Verwicklung käme, der er am besten vielleicht noch durch einen zeitigen Rückzug entgehen konnte. Abenteuer – hatte er es dem Doktor nicht vorhergesagt? – Da war eins brühwarm vom Feuer weg, und fix und fertig gleich aufgetragen, um verzehrt zu werden. Das hatte ihm noch gefehlt, die Nacht keinen Schlaf und am hellen Tage Aufregungen und Verwicklungen. Nein, dagegen gab es ein probates Mittel; er nahm an der nächsten Station leise und ohne jemandem ein Wort davon zu sagen, seinen Reisesack und sein Sitzkissen unter den Arm und empfahl sich; dann konnte die übrige Gesellschaft ruhig nach Bamberg oder wo sie sonst hinwollte fahren, und nachdem er sich hier einen Tag ausgeruht, war er dann immer imstande, die Reise, und zwar in aller Gemütlichkeit und unbelästigt, fortzusetzen. Vor allen Dingen beschloss er dabei, sich fern von Damen zu halten, die ihn jetzt regelmäßig in die verschiedenartigsten Verlegenheiten gebracht, und wenn es wahr ist, dass man durch Schaden klug wird, so wollte er sich die Sache gesagt sein lassen und davon profitieren.

Um nun wenigstens nicht mehr angeredet und belästigt zu werden, lehnte er sich in seine Ecke zurück, schloss die Augen und tat als ob er fest eingeschlafen wäre.

7. Die Nichte

Auch seine junge Nachbarin hatte sich fest in ihr Tuch gewickelt und zurückgelehnt, aber der blonde Schwager in spe schien sich davon nicht abschrecken zu lassen, sondern setzte das Gespräch unverdrossen, wenn auch nur auf seiner Hälfte, fort, bis der Zug in der Nähe der nächsten Station Lichtenfels pfiff.

»Gott sei Dank!«, murmelte der Kommerzienrat leise vor sich hin. »Aus der Verlegenheit wär ich denn also bald heraus«, und leise seinen Schirm zurechtrückend und den neben sich liegenden Reisesack umdrehend, dass er den Henkel gleich erfassen konnte, saß er sprungfertig und aufmerksam auf das geöffnete Fenster schauend da, bis der Zug hielt und der Kondukteur den Schlag öffnete.

»Station Lichtenfels!«

»Wollen Sie uns hier schon verlassen, Herr Regierungsrat?«, tönte eine Stimme mitten aus dem Waggon heraus – es war die Dame mit dem papagaigrünen Hut, die wenigstens nicht im Grolle von dem betitelten Mann scheiden mochte.

»Wünsche allerseits glückliche Reise!«, sagte der Kommerzienrat, ohne sich umzusehen und selbst den künftigen Verwandten keines Blickes würdigend.

»Es tut mir unendlich leid, so angenehmer Gesellschaft so früh entsagen zu müssen«, hörte er noch hinter sich, und mit einem in den Bart gemurmelten »Bitte, bitte recht sehr!« kletterte er, den Reisesack und das Sitzkissen hinter sich herschleifend, die eisernen Tritte nieder und eilte jetzt spornstreichs, und ohne sich nur umzusehen, der Restauration zu, dort seine Sachen abzulegen und nach seinem übrigen Gepäck zu sehen. Ein kleiner Junge, der sich ihm dienstfertig zum Führer anbot, geleitete ihn rasch zum Packwagen zurück, wo der Packmeister, der das für Lichtenfels bestimmte Gut schon verabfolgt hatte, eine Partie mitgehender Pakete in Empfang nahm.

»Ich möchte gern mein Gepäck haben!«, rief der Kommerzienrat.

»Liegt da drüben«, lautete die prompte Antwort und Herr Mahlhuber schüttelte erstaunt mit dem Kopfe und sagte bewundernd:

»Das muss ich gestehen, das ist eine vortrefflich rasche Expedition.«

Der Zug hielt sich aber hier nur wenige Minuten auf; das Zeichen wurde gegeben, die Kondukteure sprangen auf ihre Sitze und die lange dunkle Wagenreihe setzte sich wieder langsam, mit dem ruckweisen Anspannen der Ketten, in Bewegung.

»Empfehle mich ergebenst, Herr Regierungsrat!«, rief der semmelblonde junge Mann aus dem Coupéfenster heraus und winkte mit der Hand hinüber.

»–pfehle mich. – Dass dich der Böse hole samt deinem Regierungsrat!«, knurrte Herr Mahlhuber leise und finster vor sich hin, ohne sich auch nur nach dorthin umzusehen, von wo die Stimme kam, denn seine Aufmerksamkeit war jetzt vor allen Dingen auf den kleinen Haufen Gepäck gerichtet, der aufgeschichtet an der Barriere lag und in dem er nicht ein einziges Stück seines Eigentums entdecken konnte.

»Wo sind denn meine Koffer?«, fragte er, als ihm die Ahnung eines neuen Unfalls dämmerte, rasch und erschrocken den einen Postbeamten, der bei den Sachen stand und die Expedition derselben zu haben schien.

»Ihre Koffer? – Weiß ich nicht«, brummte dieser, die Spitze eines Bleistifts zwischen den Lippen und ein kleines schmales Buch in der Hand, indem er die einzelnen Stücke zu überzählen schien, »3, 4, 5, 6 –«

»Aber sie sollten doch hier liegen –«, rief der Kommerzienrat.

»Weiß ich nicht – 7, 8, 9, 10 – waren nach Lichtenfels bestimmt? – 11, 12, 13, 14.«

»Nein, nach München; aber ich fragte den Packmeister deshalb –«

Der Postbeamte warf den Kopf auf die Seite und deutete, ohne weiter eine Miene zu verziehen, mit dem Bleistift über die Schulter, hinter dem wegbrausenden Zuge her.

»Futsch!«, sagte er dabei so ernsthaft, wie es das in tausend kleine Winkel und Falten gezogene Gesicht nur möglicherweise erkennen ließ, und notierte zu gleicher Zeit die richtig befundene Anzahl der eingetroffenen und registrierten Kolli in sein kleines Buch.

Der Kommerzienrat blieb wirklich im ersten Augenblick sprachlos vor Schreck, denn der Gedanke, trotz aller erlittenen Unbill, war ihm noch zu neu, sich mitten in der Welt wie er ging und stand und allein auf sich selber angewiesen zu wissen; dann aber, wie uns das oft so im Leben geht, wenn zu viel des Unheils über uns plötzlich und gewaltsam zusammenbricht, lachte er geradeheraus und sah dann gleich darauf wieder so ernsthaft aus, als ob er eine Stecknadel verschluckt hätte.

Der Postbeamte blickte ihn halb misstrauisch, halb erstaunt an; da es ihn aber ungemein wenig interessierte, was der Passagier tat und trieb, drehte er sich ohne ein Wort weiter zu sagen um und ging langsam seinen Geschäften nach.

Der Kommerzienrat blieb ratlos da stehen, wo er sich gerade befand, und überlegte sich eben, was er jetzt tun solle, seinen Sachen mit dem nächsten Zuge nachreisen oder danach schreiben und sie hier erwarten, als jemand anderes seinen Gedanken eine neue Richtung gab.

Seinen Augen wollte er nicht trauen, als er das junge hübsche Mädchen, seine Nachbarin aus dem Coupé, die er wenigstens halbwegs nach der nächsten Station glaubte, mit einem Gendarmen gerade auf sich zukommen sah, und das Erstaunen wuchs, als ihm die Schöne auf die herzlichste Weise mit »Lieber Onkel« anredete und ihm mit halb-verbissenem Lächeln erzählte, der »Herr« da – der Gendarm nämlich –, habe sie gefragt, wo sie herkomme und wohin sie wolle, und durchaus ihren Onkel zu sehen verlangt.

Der Kommerzienrat sah erst den Gendarmen und dann das junge hübsche Mädchen an, und heimlicherweise kniff er sich dabei in den Arm, um sich unter der Hand erst einmal vor allen Dingen davon zu überzeugen, dass er nicht träume, sondern diese tollen Geschichten wirklich und bei vollkommen gesundem Verstande mit durchmache. Daran war übrigens kein Zweifel, und die dem anständig aussehenden alten Herrn gegenüber sehr artig gestellte Frage des Gendarmen, mit wem er das Vergnügen habe zu sprechen, brachte ihn endlich zu vollem Bewusstsein zurück.

»Mahlhuber – Kommerzienrat Mahlhuber«, sagte er mit einer gewissen Art von Selbstbewusstsein, denn einem königlichen Beamten gegenüber hörte jedes Inkognito auf. War es Absicht oder Zufall dabei, wer kann in den Falten des menschlichen Herzens lesen? Aber sein Oberrock klappte in diesem Augenblick ein wenig zurück, und dem aufmerksamen Blick des Gendarmen entging nicht der darunter einge-knüpfte Orden, der ihm im Nu ein verbindliches Lächeln über das breite Gesicht zog.

»Entschuldigen Sie«, sagte er mit einer nicht ungelungenen Verbeugung, »dass ich Ihr Fräulein Nichte belästigt habe, aber die junge Dame ging dort allein mit ihrem Reisebeutel auf und ab, und vor etwa einer Viertelstunde ist uns erst hierhertelegrafiert worden, auf ein einzelnes Mädchen, deren unvollkommene Beschreibung allerdings die entfernte Vermutung einer Ähnlichkeit mit Ihrer Fräulein Nichte zuließ, zu fahnden. Die junge Dame sollte wahrscheinlich in Bamberg, möglicherweise auch schon in Lichtenfels aussteigen. Der Herr Kommerzienrat werden entschuldigen –«

»Bitte, bitte«, sagte dieser, während er dem dankenden Blick der jungen Fremden begegnete, »aber – das ist ganz hübsch und gut – meine sämtlichen Sachen sind jedoch aus Versehen nach München anstatt nach Lichtenfels expediert, und wie krieg' ich die wieder?«

»Haben Sie schon telegrafieren lassen, Herr Kommerzienrat?«, fragte der Gendarm, sehr geehrt dadurch, einem solchen Herrn einen Rat erteilen zu können.

»Telegrafieren? – Nein – und wann kann ich die Sachen wieder hier haben?«

»Sollen sie hierher zurückgehen?«

»Ja«, sagte Herr Mahlhuber, nach kurzer Überlegung, entschlossen.

»Jedenfalls mit dem Nachtzuge – erlauben Sie mir, dass ich das für Sie besorge?«

»Mit Vergnügen«, sagte der Kommerzienrat, und das junge Mädchen schien während der etwas lange dauernden Verhandlung, in der sich der dienstfertige Mann die Nummern der Packzettel geben ließ und dann damit in das Telegrafenzimmer ging, wie auf Kohlen zu stehen. Endlich war das alles besorgt. Die Nachricht, das Gepäck hierher zurückzusenden, war schon in München und der Gendarm seinen Geschäften nachgegangen. Der Kommerzienrat Mahlhuber stand mit der jungen Fremden allein auf dem Platze.

»Aber nun, mein Fräulein«, brach er endlich, indem er sich die Brille abwischte und wieder aufsetzte, das Schweigen, »möchte ich Sie doch um alles in der Welt gebeten haben, mir zu sagen, was Sie eigentlich von mir wünschen und wie ich in der Tat zu der Ehre komme –«

»Zu so großem Dank ich Ihnen verpflichtet bin«, sagte tief errötend die junge Fremde, »darf ich Ihnen doch in diesem Augenblick noch nicht vollen Aufschluss geben; aber Sie haben mir und jemand anderm einen großen Dienst erwiesen, und vielleicht kommt einmal die Zeit, wo ich imstande bin, mich Ihnen dankbar zu erweisen. Darf ich Sie jetzt nur noch bitten, mit mir zum Fluss hinunterzugehen, wo ich mich übersetzen lassen möchte? Die Leute hier dürfen mich nicht allein gehen sehen.«

»Das wird Ihnen wenig helfen, mein Fräulein«, sagte der Kommerzienrat, dem mit dieser aufgezwungenen Ritterschaft doch anfing unheimlich zu werden, »sowie Sie über den Fluss kommen, sind Sie doch allein, denn ich versichere Sie, dass ich nicht daran denke, mich noch weiter in diese mir schon außerdem höchst unangenehme Sache einzulassen – meine Stellung als Staatsbürger und mein Leberleiden als Mensch verbieten mir –«

»Sobald ich das andere Ufer betrete«, unterbrach ihn rasch die junge Dame, »bin ich aus dem Bereich jeder Verfolgung.«

»Verfolgung?«, wiederholte der Kommerzienrat ängstlich, dem es überhaupt ein bängliches Gefühl wurde, jemandes Flucht zu unterstützen, nach dem sich ein Gendarm erkundigt hatte. »Sie werden doch nicht – nicht irgendetwas – irgendetwas angegeben haben?«

»Nichts Böses«, lächelte das junge Mädchen; ein tiefes Rot stahl sich dabei über die sanften Züge, und die treuen Augen sahen so offen und unschuldsvoll zu ihm auf, dass an einen Zweifel an ihren Worten gar nicht zu denken war.

»Aber was verlangen Sie denn noch von mir?«, fragte der Kommerzienrat, dessen gutes Herz gegen jedes andere selbstsüchtige und kommerzienrätliche Gefühl arbeitete. »Was muss ich tun, um sie wenigstens für den Augenblick aus irgendeiner – irgendeiner unangenehmen Lage zu ziehen?«

»Mich nur an – oder wenn Sie Ihrer Güte die Krone aufsetzen wollen, über den Fluss begleiten – dort hab ich Freunde.«

Der Kommerzienrat schüttelte mit dem Kopfe, die ganze Geschichte kam ihm mehr wie ein Märchen vor, das ihm jemand erzählt hätte und das er glauben konnte oder auch nicht – wie es ihm gerade gefiel. Es blieb ihm aber jetzt gar keine andere Wahl, als sich zu fügen, denn verraten durfte er das vielleicht durch unglückliche Familienverhältnisse zu einem solchen Schritte getriebene junge Mädchen nicht, und sie jetzt im Stiche lassen wäre fast dasselbe gewesen. So also mit einem aus tiefster Brust heraufgeholten Seufzer ihr den Arm bietend, führte er seine schöne Schutzbefohlene – oder wurde vielmehr durch sie geführt – den schmalen Pfad hinab, der sich zum Wasser niederzog. Als er aber wieder, etwa eine halbe Stunde später, in die Restauration zurückkehrte, ließ er sich ein Zimmer mit einem Bett geben, aß etwas, zog sich dann aus und legte sich – nachdem er die Tür vorher sorgfältig verschlossen und verriegelt hatte, ordentlich schlafen.

Dem Kellner war strenge Ordre geworden, ihn nicht eher zu stören, bis er von selber aufstehen würde, und mit dem beruhigenden Gefühl, allen Unannehmlichkeiten entgangen und in wenigen Stunden diesem ganzen fremden Unwesen enthoben zu sein, faltete er die Hände und war bald sanft und süß eingeschlafen.

Der Kommerzienrat Mahlhuber war fest entschlossen, mit dem ersten Morgenzuge und sobald er nur wenigstens erst einmal seine durchgegangenen Koffer wiederhatte, unbeschadet des Gelächters einzelner Narren und gefühlloser Menschen, die Heimfahrt anzutreten – er dachte nicht daran, einen neuen Don Quixote aus sich zu machen.

8. Der Überfall

Reisen – ja, es sollte ihm noch einmal jemand kommen und ihn auf Reisen schicken wollen, dem wollte er sagen, was er von ihm dächte. – Reisen – alles liederliche Gesindel der Welt trieb sich auf Reisen umher: verkappte Engländer, junge leichtsinnige Mädchen, entsetzliche Frauenzimmer mit Hutschachteln und ohne Überschuhe – und was für Geld flog dabei auf die Straße! Lieber Himmel, was hatte er in den zwei Tagen nicht allein an Schadenersatz für Hut und Schachtel, Wagenpolster, Fensterscheiben, Überschuhe für Unkosten gehabt, außerdem sein ganzes Gepäck in die Welt hineinfahren lassen, und Telegrafen und Wirtshäuser bezahlt, und wie war er behandelt worden!

Auf die Dorothee war er besonders böse – die musste ihm jedenfalls das Pistol geladen haben – und dann das entsetzliche Frauenzimmer mit dem papagaigrünen Hute mit den zum Fenster hinausgeworfenen Schuhen. – Kein Wunder, dass der Kommerzienrat Mahlhuber eine ganze Weile in dem sonst nicht schlechten Bette lag und vergebens einzuschlafen versuchte. Auch die Leber fing ihn wieder an zu drücken, und die operierte Balggeschwulst presste er so lange, bis sie ihn ebenfalls schmerzte.

Reisen – Handwerksburschen reisten und hatten einen Zweck dabei; Postillione reisten, weil sie dafür bezahlt wurden, sie wussten auch wohin sie wollten und trieben sich nicht unnützerweise in Gegenden umher, in die sie nicht gehörten. Aber er, was hatte er, der Kommerzienrat Mahlhuber aus Gidelsbach, hier in Lichtenfels im »Hirsch« zu suchen? Weshalb war er hier, was trieb er hier und was sollte ihm eine solche Reise nützen? Seine Leber verringern? Er hätte darauf schwören mögen, dass sie seit den letzten 24 Stunden um 1½ Zoll gewachsen war, sie stieß ihn jetzt auch an die Rückenwirbel an, und in die Narbe der operierten Geschwulst hatte sich wahrscheinlich die gestern geholte Erkältung gezogen, denn sie brannte ihm wie Feuer. Und der junge Pudel – heiliger Gott, wenn er an den jungen winselnden Satan dachte, lief es ihm noch jetzt eiskalt den Rücken hinunter.

Mit dem Gedanken fiel er endlich in einen unruhigen, unerquicklichen Schlaf, der ihn, wenn auch nicht gerade die überstandenen Szenen, doch andere ähnliche qualvolle durchleben ließ.

Ihm träumte, er läge in Gidelsbach in seinem eigenen Bette – was hätte er darum gegeben, wenn es wahr gewesen wäre –, und Dorothee hatte gerade gebacken und brachte ein großes Schwarzbrot herein, das sie ihm oben auf die Bettdecke und gerade auf die Brust legte. Er wunderte sich noch darüber, weshalb das wohl geschehen sein könne, als sie ein zweites herbeitrug und auf das erste stellte; er wollte schreien und dagegen protestieren, aber er brachte keinen Ton heraus, und die Magd kam auch und schleppte ein drittes riesiges Brot herbei, und dann die Frau mit dem papagaigrünen Hut, und dann die Mamsell aus dem Otzlebener Gasthofe mit den aufstreiften Ärmeln und den langen Locken, und dann das junge Mädchen aus dem Coupé, dessen Onkel er unfreiwillig geworden, und zuletzt der schweigsame Passagier aus dem Postwagen, den er für einen Engländer gehalten und der zuletzt zu ihm »Gute Nacht, Herr Kommerzienrat!« gesagt hatte. Eine furchtbare Angst überkam ihn dabei, die ihm fast die Besinnung raubte, und ihm nun endlich, nach langem Ankämpfen gegen die Schwäche, Kraft genug gab, mit einem in der Hast aufgegriffenen Regenschirm aus der Stube, die Treppe hinunter und aus dem Hause zu stürzen. »Meine Schuhe!«, schrie die Dame mit dem papagaigrünen

Hut hinter ihm her. »Lieber Onkel!«, das junge Mädchen. »Aber Herr Kommerzienrat!«, die alte Dorothee, er hörte und sah nicht mehr und lief in einem fort, bis er zu seinem Entsetzen entdeckte, dass er sich im äußersten Negligé, wirklich nur im Hemd und von der Mittagssonne beschienen, in dem belebtesten Teile von Gidelsbach befand. Die Füße drohten ihm dabei den Dienst zu versagen, der kalte Schweiß trat ihm auf die Stirn, und sich nun rasch an die nächsten Häuser drückend, spannte er den Regenschirm auf, in dessen Schutz sich den Blicken der Volksmenge so viel als möglich zu entziehen und sein Haus wieder zu erreichen. »Guten Morgen, Herr Kommerzienrat!«, sagte der Amtsschreiber Weber, der ihm begegnete. »Herr Gott, Sie gehen ja in bloßen Füßen.« – »Guten Morgen, Herr Kommerzienrat!«, nickte ihm die Frau Geheimrätin Beutel aus dem gegenüberliegenden Hause zu. »Ach bitte, kommen Sie doch einmal herüber, ich habe Ihnen etwas Notwendiges zu sagen.« – »Guten Morgen, Herr Kommerzienrat!«, rief der Materialwarenhändler Bohne, an dessen offener Tür er mit ungedeckter Flanke vorüber musste. »Herr Jemine, Sie werden sich erkälten!« – »Ne seht nur – da leeft ener im Hemde!«, schrie da plötzlich ein junger nichtsnutziger Tagedieb, der an irgendeiner Ecke stand.

»Hurra, hurra!«, hörte der Kommerzienrat in seinem Traume die Buben schreien und die Straße heruntertoben, näher und lauter. »Aber Herr Kommerzienrat«, sagte da die Frau Baurätin Drilling, die ihm gerade entgegen- und die Straße herunterkam und rasch und erschreckt ihre grüne Brille abnahm. – Der Kommerzienrat hörte nichts mehr, wartete nichts weiter ab, sondern fuhr, gleichgültig wohin er geriet, in das erste beste offene Haus hinein, das er fand und mit ungeheurer Beruhigung erkannte. Er erinnerte sich nämlich, dass dieses Haus mit der hintern Wand an das seine stieß, und wenn er unbemerkt oben auf den Boden kommen konnte, der mit seinem Dache in Verbindung stand, war er gerettet. So rasch ihn seine Füße trugen, lief er die Treppe hinauf und rannte in der ersten Etage beinahe ein Dienstmädchen um, das, als es ihn sah, einen Eimer mit Wasser fallen ließ und um Hilfe schrie. Hinter ihm bellte ein Hund, schrien Stimmen, klapperten Türen, er floh wie ein gehetztes Reh die steilen Treppen, weder an Leber noch Balggeschwulst denkend, hinauf, bis er den Boden erreichte und offen fand. Jetzt war er gerettet, lief durch die erste Kammer, dann durch eine zweite, dann eine dritte, bis er plötzlich den letzten Dachstuhl erreichte, und hier den Boden nicht mehr gedielt, sondern nach unten offen fand. Nur die Querbalken lagen etwa drei Fuß voneinander entfernt darüberhin; dicht hinter ihm aber tönten die Stimmen der Verfolger, und eine Wahl blieb ihm nicht – er musste hinüber. Er sprang auf den ersten Balken, von diesem auf den zweiten – er fühlte wie ihm die Leber dabei gegen seine Rippenwände schlug, wie das Blut in der Narbe auf seinem Kopfe pulsierte, er wollte einhalten und konnte nicht mehr, sein schwerfälliger Körper war einmal in Schuss gekommen, er musste weiterspringen. – Und unter ihm gähnte die dunkle Tiefe – ein Abgrund, von dessen Existenz er keine Ahnung gehabt, dessen Tiefe er nicht mit dem scheuen Blicke erreichen konnte. Und weiter wurde die Entfernung zwischen den einzelnen Balken, immer weiter, jetzt 3½, jetzt 4 Fuß, immer noch setzte er darüber hin und es war als ob die Angst ihm Flügel geliehen. Jetzt lagen sie 4½ Fuß, jetzt 5, jetzt 6 Fuß voneinander entfernt. Atemlos schnellte er sich von Holz zu Holz und kein Ende konnte er erkennen, so weit in die Unendlichkeit hinein lag die gefährliche Bahn, der er folgte, und auf der ihn ein schadenfroher Geist dahinriss. Kaum noch mit den Fußspitzen erreichte er den schmalen Halt, jetzt wankte er, er wollte das Gleichgewicht wiedergewinnen, umsonst, noch einen verzweifelten Sprung wagte er nach dem nächsten Balken, dieser knackte, brach unter seinem Gewicht, und der Kommerzienrat schlug mit der Hand, die er ausstreckte sich zu retten und irgendwo anzuklammern, dermaßen an die weiße Kalkwand, an der sein Bett stand, dass er, in Angstschweiß gebadet und an allen Gliedern zitternd, davon erwachte und in seinem Bette emporfuhr. Im ersten Augenblicke hatte er wirklich auch keine Ahnung, wo er sich eigentlich befand.

Ein lautes Klopfen an der Tür brachte ihn endlich soweit wieder zu sich, dass er sich besinnen konnte, er sei weder in diesem unanständigen Aufzuge in Gidelsbach umhergelaufen, noch von den Bodenbalken heruntergestürzt, wenn ihn die Knochen auch in der Tat gerade so schmerzten. Aber wer klopfte mit einer solchen Hartnäckigkeit an seiner Tür? Und hatte er nicht strenge Ordre gegeben (er sah nach seiner Uhr, es war fünf Uhr nachmittags, und er mochte etwa vier Stunden geschlafen haben), ihn unter keiner Bedingung zu stören?

»O Dorothee«, klagte der gequälte Mann vor sich hin, »wäre ich dir und nicht diesem verdammten Doktor gefolgt, so säße ich jetzt noch – Herein denn zum Donnerwetter! – Wer ist da draußen, und was klopfen Sie, als ob Sie die Tür einschlagen wollten?«

»Ich kann nicht hinein«, sagte eine freundliche Stimme von außen, die jedenfalls einem Manne gehörte, »es ist von innen zugeschlossen.«

»Aber wer sind Sie, was wollen Sie?«, rief der Kommerzienrat, nicht ohne eine unbestimmte Ahnung, dass der heutige Gendarm mit diesem Klopfen in näherer Beziehung stehen könnte.

»Ich habe Ihnen eine erfreuliche Nachricht mitzuteilen«, sagte die Stimme von außen wieder, »und bitte sich nicht im Mindesten meinetwegen zu genieren.«

»Genieren?«, brummte der Kommerzienrat und streckte, halb überlegend, das eine Bein aus dem Bette. »Der Bursche glaubt wohl, ich ziehe einen Frack an – aber erfreuliche Nachricht? Wahrscheinlich ist mein Gepäck angekommen, Gott sei Dank, dass es endlich überstanden ist. – Warten Sie einen Augenblick«, rief er dann wieder mit lauter Stimme und weit energischer, als er sich bis jetzt in irgendeinem Lebensverhältnisse gezeigt, »ich werde gleich aufmachen«; stieg dann aus dem Bett, riegelte die Tür auf, glitt rasch wieder mit einem leisen Schmerzensschrei »O meine Leber!« unter die Decke und rief: »Herein!«

»Guten Morgen, Herr Kommerzienrat«, sagte fast mit dem »Herein« zugleich eine süßliche, unendlich höfliche Stimme, und ein wohlfrisierter und gelockter Kopf mit dem Scheitel in der Mitte, was dem Träger etwas unleugbar Dummes gab, streckte sich augenblicklich, von dem übrigen Körper gefolgt, in das Zimmer. Der Fremde war übrigens sehr elegant, wenn auch gerade nicht besonders geschmackvoll gekleidet, trug eine schwere goldene, oder wahrscheinlich vergoldete Uhrkette, eine Tuchnadel mit riesiger Kamee, Ringe an den Fingern und im linken Ohr sogar einen sehr kleinen und sehr zierlichen Ohrring; außerdem Stiefel von Glanzleder, umgeklappte Vatermörder und sehr lange weiße Manschetten.

»Mit wem habe ich die Ehre?«, sagte der Kommerzienrat, der sich mit dem unbehaglichen Gefühl eines nicht Angezogenen solcher Staatstoilette gegenüber womöglich noch tiefer in seine Decke zurückzog. »Sie wollten mir etwas Angenehmes mitteilen, ich muss tausend Mal um Entschuldigung bitten, dass sie mich zu dieser Tageszeit –«

»Um Gottes willen, machen Sie keine Umstände, bester Herr Kommerzienrat«, rief der Fremde, der sich indes vergeblich nach einem freien Platze umgesehen, seinen Hut abzulegen und ihn endlich dem vollgepackten Reisesack anvertrauen musste, auf dem er nicht recht die Balance zu halten schien; »wie ich gehört habe, sind Sie gesonnen, sich hier in Lichtenfels häuslich niederzulassen.«

»Ich?«, rief der Kommerzienrat, erstaunt emporsehend.

»Nun, ich weiß, dass es noch Geheimnis bleiben soll«, beruhigte ihn der Fremde, »und auf meine Diskretion können Sie sich verlassen, jedenfalls ist es aber ein sehr glücklicher Umstand für Sie, dass ich heute den Morgenzug versäumte und zu spät von Coburg herüberkam, ich reise für das Haus Helboldt und Sohn und mache in feinen Weinen und Champagnern – Helboldt und Sohn, Herr Kommerzienrat, ich brauche Ihnen bloß den Namen zu nennen, und Sie werden einsehen, wie nur ein glücklicher Zufall mich hier noch zurückhalten konnte. Helboldt und Sohn führen eine wahre Pracht von Weinen und ich hege nicht den geringsten Zweifel, dass Sie nach bester Auswahl reichlich bestellen werden. Hier«, fuhr er dann fort, indem er nach und nach aus allen seinen verschiedenen Taschen winzig kleine Flaschen mit Etiketten hervorbrachte und auf den Nachttisch des wirklich vor Erstaunen sprachlosen Kommerzienrats stellte, »habe ich Ihnen gleich die besten Sorten, unter denen Sie jedenfalls das finden werden, was Sie suchen, mitgebracht.«

»Aber Herr, zum Donnerwetter«, brach jetzt endlich der verhaltene Grimm des Kommerzienrats los, »sind Sie des Teufels oder wollen Sie mich zum Narren haben?«

»Ich, Herr Kommerzienrat?«

»Deshalb sind Sie hierhergekommen – mir Ihre sauren Weine anzupreisen?«, rief jetzt der in seiner Ruhe, in seinem Schlafe (Leber und Balggeschwulst noch gar nicht gerechnet) misshandelte Mann. »Das war die gute Nachricht, die Sie mir zu bringen hatten?«

»Saure Weine, Herr Kommerzienrat?«, wiederholte der Weinreisende mit einem Gefühl, als ob ihm jemand einen Dolchstich versetzt hätte. »Helboldt und Sohn – saure Weine – ich bitte Sie um tausend Gottes willen – nicht einmal unser Weinessig –«

»Gehen Sie zum Teufel, Herr!«, unterbrach ihn der sonst so schüchterne, jetzt jedoch zur Verzweiflung getriebene kleine Mann.

»Ich liege hier halb tot im Bette, mich auszuruhen, um meine Gesundheit wiederherzustellen, um mit Tagesanbruch dies verdammte Nest verlassen zu können, und Sie brechen mir hier gegen alles Land- und Völkerrecht unter falschen Vorspiegelungen in mein Zimmer, mich unter meiner eigenen Bettdecke zu malträtieren. Packen Sie Ihre verwünschten Flaschen wieder ein und lassen Sie mich ungeschoren.«

»Aber, Herr Kommerzienrat, bei einem längern Aufenthalt hier – Helboldt und Sohn –«

»Ich sage Ihnen ja, dass ich auf der Durchreise bin, Herr, ist Ihnen das nicht deutlich genug –«

»Aber Ihr Fräulein Nichte –«

»Meine Nichte?«, rief der Kommerzienrat stutzig werdend, und aufhorchend.

»Ihr Fräulein Nichte«, fuhr der nicht so leicht abzuschüttelnde Bursche fort, »hat doch vorhin in meinem Beisein geäußert, dass Sie gesonnen wären, sich hier häuslich niederzulassen, weil Ihnen die Gegend enorm gefallen hätte.«

»Meine Nichte? Herr, lassen Sie mich mit Ihren Weinen und meiner Nichte zufrieden«, tobte der Kommerzienrat, durch den neuen Beweis nicht im Geringsten milder gestimmt, »ich will von beiden nichts wissen; und nun seien Sie so gut und packen Sie die verdammten Flaschen wieder ein – Sie verstehen doch Deutsch? – und lassen Sie mich zufrieden. Ich bleibe nicht hier, habe keine Nichte, will keinen Wein und liebe nicht, mich, wenn ich im Bette liege, mit fremden Leuten zu unterhalten. Guten Morgen, Herr Helboldt und Sohn.«

»Herr Kommerzienrat«, sagte der Weinreisende pikiert, indem er seine Flaschen wieder einpackte und seinen Hut ergriff, »wenn auch nicht gegen mich persönlich, so sollte doch wenigstens die Achtung, die Sie der Firma Helboldt und Sohn schuldig –«

»Helboldt und Sohn soll –«, brummte der Kommerzienrat, sich unwillig in seinem Bette mit dem Gesicht nach der Wand, ebenso rasch aber auch wieder zurückdrehend, da er an sein Portemonnaie und die Uhr dachte, die auf dem Tische lagen.

»Nun, ich sehe«, sagte achselzuckend der Geschäftsreisende, »dass wir doch wohl in keine Geschäftsverbindung miteinander treten können; es tut mir auch leid, Sie bemüht und meine kostbare Zeit solcherart vergeudet zu haben, ich bin Reisender –«

»Reisen Sie glücklich«, brummte der Kommerzienrat, mit einem halb maliziösen Lächeln unter seiner Bettdecke vor.

»Guten Morgen, Herr Kommerzienrat«, brach der Bevollmächtigte kurz ab und warf die Tür hinter sich ins Schloss, dass die Scheiben im Fenster und Wasserflasche und Glas im Waschtische zusammenklirrten.

»Flegel!«, knurrte Mahlhuber leise vor sich hin, als er sich wieder im Bett zurechtrückte, die Augen noch einmal schloss und einen Versuch zu machen schien, aufs Neue einzuschlafen. Das aber ging unter keiner Bedingung; der Ärger mit dem unverschämten zudringlichen Menschen hatte ihn dermaßen aufgeregt, dass an eine Fortsetzung seiner unterbrochenen und überhaupt mittelmäßig genug gewesenen Ruhe gar nicht zu denken war. Er hob sich endlich mit einem schweren Seufzer von seinem Lager, wusch sich und zog sich an, und beschloss einen Spaziergang in der wirklich freundlichen Umgebung zu machen, um müde zu werden und dann wenigstens Aussicht auf einen Nachtschlaf zu haben. Sein Gepäck musste ja doch noch heute Abend oder spätestens morgen früh ankommen und, Gidelsbach lag nicht so entsetzlich weit entfernt, es nicht wieder erreichen zu können.

Der Spaziergang schien keine so üble Idee gewesen zu sein, nur störte ihn die Unmasse von Heiligen- und Märtyrerbildern, die er überall traf, und die blutigen Leiber und Wunden derselben riefen ihm auf peinliche Art seine eigene Leber wie seine Operation wieder und wieder ins Gedächtnis zurück. Mit Gewalt zwang er sich jedes Mal nicht daran zu denken, aber kaum hatte er sich durch einen andern Gegenstand zerstreut, tauchte wieder, in Stein oder Holz, und immer bunt bemalt, mit einem Überfluss von Blut daran, ein neues Bild vor ihm auf.

»Es ist zum Verzweifeln!«, seufzte der Kommerzienrat leise vor sich hin, während er sich scheu, soweit als möglich, um die solchen bösen Eindruck auf ihn machenden frommen Kunstwerke herumdrückte. »Es ist wirklich zum Verzweifeln, und ich begreife eigentlich doch nicht recht, weshalb diese Masse von Monumenten nötig ist.« Als Kommerzienrat und guter Christ durfte er aber nicht mehr denken, ja er machte sich in seinem Innern schon schreckliche Vorwürfe, so viel gedacht zu haben, und suchte sich endlich dadurch eine Erleichterung zu verschaffen, dass er quer über ein Feld hinweg dem nächsten Holzrande zuzueilen suchte, dort mehr »ungestört« zu sein. Das freilich hatte nur die unangenehme Folge für ihn, dass er unterwegs, und mitten in einem etwas weichen und unbequemen Saatfelde, von einem biedern Landmanne, dem Eigentümer desselben, angehalten und aufgefordert wurde, zwei Gulden Strafe für das Verlassen des Weges zu zahlen, widrigenfalls er, der Bauer, sich in die unangenehme Notwendigkeit versetzt sehen würde, ihn zu pfänden.

Der Kommerzienrat wollte dagegen protestieren, ja knöpfte unter dem Vorwande, ihm eine Karte mit seinem Namen zu geben und ihm zu beweisen, dass er nicht absichtlich ihm einen Schaden habe zufügen können, seinen Rock auf, unter dem der Orden schimmerte; der Bauer blieb aber gänzlich gefühllos, selbst gegen das bunte Band im Knopfloche des Fremden, das er vielleicht nicht einmal sah, keinesfalls beachtete. Er bestand auf seinen zwei Gulden, oder Hut und Schnupftuch des Übertreters der Gesetze, ja wurde dermaßen grob gegen den kleinen unbehilflichen Mann, dass dieser nicht umhinkonnte, in die jedenfalls unbillige Forderung oder vielmehr Erpressung zu willigen und das Geld zu zahlen.

Damit kam er noch dazu nicht einmal nach dem Waldrande, sondern wurde mit Zwangspass auf die Straße zurückgeschickt, nochmals Spießruten zwischen den ihm fatalen Erinnerungen zu laufen bis Lichtenfels.

Der Marsch hatte übrigens das Gute für ihn, dass er hungrig und durstig den kleinen Ort wieder erreichte, vor allen Dingen nach den Bahnhofsgebäuden hinabging, sich dort die Gewissheit zu holen, dass seine Sachen noch nicht gekommen wären, und dann langsamer die krummen, schauerlich gepflasterten Straßen des Städtchens zurück bis in sein Wirtshaus wanderte, etwas zu genießen.

9. Die Gesellschaft im »Hirsch«

Das Gastzimmer im »Hirsch« war heute von festlich gekleideten Menschen, von denen dem Reisenden auch schon eine Menge auf der Straße begegnet waren, ziemlich besetzt, und es wurde eine große Quantität Bier getrunken, wie unzählige Portionen Essen nach allen Richtungen hin aufgetragen, die fast ebenso rasch verschwanden als sie kamen. Allerdings hatte der Kommerzienrat darunter zu leiden, denn er wollte zuerst auf seinem Zimmer essen, wohin er sich eine Portion Rinderbraten mit jungen Bohnen, sowie eine Flasche Wein bestellte; aber vergebens wartete er eine halbe Stunde darauf, es kam nichts; er rief die Treppe hinunter, es hörte ihn niemand. – Unten wurden Türen aufgerissen und zugeschlagen und unzusammenhängende Reden, wie Portion Kalbsbraten – Kartoffeln – drei Halbe Bier – gleich – komme schon – geführt, und einzelne dieser Ausrufe bekam auch er zur Antwort, weiter aber nichts, und er sah endlich ein, dass er, wenn überhaupt gesonnen heute noch etwas zu essen, in die Gaststube mit hinunter müsse, den dort hineinströmenden Lebensmitteln und Getränken ebenfalls in den Weg zu kommen.

Das gelang ihm auch endlich nach einiger Anstrengung, und nachdem ihm ein junger Mensch von Kellner oder Wirtssohn, der die Teller herumtrug, als ob er es nur gewissermaßen aus Gefälligkeit oder zu seinem eigenen Vergnügen tue, einen sehr guten Rinderbraten und sehr schlechten Rotwein gebracht hatte, drückte sich der kleine Mann damit in eine Ecke, zwischen ein paar politisierende bayerische Staatsbürger hinein und hörte geduldig ihre über ihn hinüber gewechselte Meinung der neuesten Verhältnisse, das Für und Wider des gerade ausgebrochenen russischen Kriegs, wie ihre Urteile über das vaterländische Ministerium mit an. Die beiden durch das starke Bier etwas erhitzten Leute taten aber dabei Äußerungen, die den schüchternen Kommerzienrat zuerst mit Erstaunen, dann mit wirklichem Entsetzen erfüllten. Wenn ihnen jemand, der es gut mit dem bayerischen Ministerium meinte, zugehört hätte, musste er ja glauben, dass er, der Kommerzienrat Mahlhuber, Besitzer des Ludwigkreuzes und vollkommen loyaler Untertan, mit diesen Menschen gleiche Gesinnungen teile, und stand er jetzt auf und trug seinen Teller an einen andern Tisch (selbst den Fall gestattet, dass ein anderer Tisch frei gewesen wäre), so konnte er den schönsten Skandal mit den zu allem fähigen Menschen bekommen. Was er aß und trank, so sehr er sich auf die Mahlzeit nach der starken Bewegung gefreut, schmeckte er gar nicht; freilich kam ihm das, wenn es ihm bei dem Rinderbraten nachteilig war, wieder bei dem Wein zugute, und er hatte Flasche wie Portion eben beendet, als noch zwei andere Männer in Uniform, der hiesige Gendarm mit dem Kondukteur der thüringischen Post, das Zimmer betraten und zu ihrem Tische kamen. Gott sei Dank, die beiden roten Republikaner hörten doch jetzt wenigstens auf zu politisieren.

»Guten Abend, meine Herren«, sagte der Kondukteur, mit der Hand militärisch an die Mütze greifend; »Platz doch hier nicht belegt?«

»Bitte, nein«, sagte einer der Politiker, »haben Sie nichts Neues gehört vom Kriegsschauplatz? – Keine neuen Zeitungen mitgebracht?«

»Ich? Nein«, lachte der Postbeamte, »wollte sie uns hier holen – ist aber eben ein Unglück hier in der Stadt passiert«, setzte er dann ernsthafter hinzu.

»Ein Unglück? Hier in Lichtenfels?«

»Ja«, sagte der Kondukteur, »in der Staffelstraße ist ein armer Teufel von Maurer mit einer großen Familie vom Gerüst gefallen.«

»Mit der ganzen Familie?«, rief der Kommerzienrat erschreckt.

»Nein, das nicht«, lachte der Kondukteur, »der Mann hat nur eine starke Familie zu Hause, aber er hat den Hals gebrochen.«

»Sie hinken ja, Herr Kondukteur?«, sagte der eine von des Kommerzienrats Tischnachbarn, der aufgestanden war, dem Postmanne seinen Platz zu geben. »Was haben Sie denn am Fuße?«

»O nichts«, meinte dieser, halb sich gegen den Kommerzienrat gewendet. »Neulich abends, kurz vor Schlafengehen, gehe ich noch einmal barfuß durchs Zimmer; an demselben Tage hatte aber mein jüngstes Mädchen eine Fensterscheibe zerbrochen und einer von den scharfen spitzigen Splittern war zufällig in eine Dielspalte geraten und dort stecken geblieben. Wie ich also durch die Stube gehe –«

»O um Gottes willen, hören Sie auf«, bat ihn der Kommerzienrat, dem es schon bei dem Gedanken an eine so furchtbare Verwundung wie mit Messerstichen vom Wirbel bis in die Fußzehen schoss, »das geht einem durch Mark und Bein.«

»Was denn?«, fragte der Kondukteur erstaunt.

»Nun, dass Sie in so scharfes Glas getreten sind«, sagte, immer noch sichtlich schaudernd, der Kommerzienrat.

»Ich?«, fragte der Kondukteur erstaunt. »Ich bin hineingetreten?«

»Aber Sie erzählten uns doch eben –«

»Dass so ein Glassplitter im Zimmer gelegen hat? Ja«, lachte der Kondukteur, »aber dafür hat der Mensch seine Augen, und wenn ich barfüßig gehe, passe ich immer furchtbar auf.«

»Aber Sie sagten ja, dass das die Ursache Ihres Hinkens –«

»Meines Hinkens? Ich hinke gar nicht mehr«, sagte der Kondukteur ruhig, »das Bein war mir nur vorhin ein bisschen eingeschlafen.«

Die andern lachten, während der Kondukteur aufstand, sich eine Zigarre anzuzünden, und der Kommerzienrat sah sich etwas erstaunt im Kreise um, denn er wusste nicht recht, ob der Mann im Ernst war oder ihn nur zum Besten haben wollte. Der Gendarm unterbrach aber sein Nachdenken, indem er den leergewordenen Platz und die Freiheit der Bierstube benutzte und sich mit einer achtungsvollen Handbewegung nach der Mütze neben den Kommerzienrat niedersetzte.

»Nun, noch nichts von Ihren Sachen gehört, Herr Kommerzienrat?«, sagte er so freundlich, wie die Polizei überhaupt nur freundlich aussehen kann.

»Ah, Sie sind der Herr, der mir die telegrafische Depesche besorgte?«, erwiderte der Kommerzienrat und wurde rot dabei, denn er log in diesem Augenblick, wenn er dem Sicherheitsbeamten gegenüber tat, als ob er ihn nicht gleich erkannt hätte. Lieber Gott, er wollte ihm ja verbergen, dass er sich nach dem heute Vorgefallenen nicht so ganz sicher fühle, und glaubte das am besten durch angenommene Gleichgültigkeit bewerkstelligen zu können. Der Gendarm übrigens, der nicht den geringsten Verdacht dem anständigen Fremden gegenüber hatte, sagte lächelnd und verbindlich:

»Jawohl, Herr Kommerzienrat, zu dienen, unangenehme Sache das, sein Gepäck auf eine solche Weise zu verlieren. Es ist auch unverzeihlich von dem Packmeister, dass er nicht besser aufgepasst hat. Donnerwetter, wenn einmal das Gepäck für Lichtenfels eingeschrieben ist, so muss es auch in Lichtenfels abgeliefert werden, sonst hört die Freundschaft auf.«

Der Kommerzienrat überlegte sich noch, ob er dem Manne mitteilen solle, dass das Gepäck gar nicht für Lichtenfels bestimmt gewesen wäre, und besann sich eben auf eine Ausrede, ihm eine mögliche Veranlassung zu nennen, weshalb er unvorbereiteterweise hier ausgestiegen sei, als jener etwas näher an ihn heranrückte, seinen dicken Schnurrbart so dicht als möglich an das Ohr des Kommerzienrats brachte – so dicht in der Tat, dass ihn einzelne daran vorstehende Haare im Ohre kitzelten – und mit leiser Stimme sagte:

»Sie wissen doch, Herr Kommerzienrat, was ich Ihnen heute Morgen mitteilte, von wegen des durchgebrannten Frauenzimmers –«

»Durchgebrannt?«, rief der Kommerzienrat erschreckt. »Ist denn wieder ein Unglück geschehen?«

»Unglück? – Nun, ein Unglück ist es wohl gerade nicht«, meinte der Gendarm entschuldigend, »junge Leute haben rasches Blut und machen manchmal einen dummen Streich, den sie aber nicht machen würden, wenn sie 25 Jahre älter wären; wir haben aber mit dem letzten Zug Nachricht von Hof bekommen, wo die junge Dame zu Hause ist. Wie es scheint, hat sie in diesen Tagen –«

»Aber ich bitte Sie um Gottes willen«, sagte der Kommerzienrat entsetzt, »von welcher jungen Dame reden Sie denn? Ich verstehe kein Wort von allem was sie sagen.«

»Von welcher jungen Dame?«, sagte der Gendarm. »I von der weggelaufenen, wegen der uns hierhertelegrafiert ist und für die wir Ihr Fräulein Nichte im Anfang hielten, weil sie so ganz allein mit dem großen Strickbeutel am Arm herumging.«

Der Kommerzienrat seufzte tief auf, erwiderte aber kein Wort weiter, und der Gendarm fuhr, zutraulicher werdend, weil er imstande war, eine so interessante Mitteilung zu machen, fort:

»Wie es also scheint, sollte jenes junge Mädchen in den nächsten Tagen mit einem ihm widerlichen Manne verheiratet werden, hat sich aber noch zur rechten Zeit ein Herz gefasst und ist fortgelaufen. Allem Vermuten nach ist sie in Bamberg ausgestiegen, denn die Polizei hat dort, wie uns hierhergemeldet worden, zwei verdächtige Individuen aufgegriffen und festgehalten.«

»In Bamberg?«, sagte der Kommerzienrat.

»Jawohl«, bestätigte der Gendarm. »Übrigens sind mit dem letzten Zuge von Hof, der etwa vor einer Stunde hier durchging, ihre beiden Brüder ebenfalls durchgekommen und gleich nach Bamberg weitergefahren. Sie erkundigten sich bei mir, ob hier nichts Verdächtiges gesehen worden, und ich konnte ihnen schon die Arretierung der beiden jungen Damen mitteilen. Ist eine vortreffliche Erfindung, diese Telegrafen«, setzte der Beamte schmunzelnd hinzu, »soll auch von einem Gendarm entdeckt worden sein.«

»Das junge Mädchen?«

»Nein, die Telegrafen«, versicherte der Gendarm mit selbstzufriedenem Lächeln, »und zwar auf die einfachste Weise von der Welt. Wie er es herausgebracht hatte, soll der Herr Polizeidirektor ausrufen haben: ›Das ist ja keine Kunst, das kann ich auch.‹ – Aber so geht's immer nachher, die gescheiten Leute haben die Einfälle und die andern Herren sagen nachher: Ja, das ist keine Kunst, das kann ich auch.«

»Aber auf welche Weise entdeckt?«, fragte der Kommerzienrat trotz der verschiedenen Dinge, die ihm im Kopfe herumgingen, doch gespannt, auf welche Weise der Mann mit dem blanken Helme solch eine Behauptung motivieren und entwickeln würde.

»Ungeheuer einfach«, lachte dieser, »die ganze Geschichte ist ja doch nur nach dem Prinzip der Klingelzüge eingerichtet, wie zum Beispiel in einem Gasthofe. Wenn man einmal klingelt, kommt der Kellner, zweimal, das Stubenmädchen, und dreimal, der Hausknecht. Auf der Polizei ist es ebenso, wo nach den verschiedenen Klingeln, nach ein- oder mehrmaligem Anziehen, der oder jener der Sicherheitsdiener herbeigerufen wird, und bei uns hier sind auch zwei oder drei Züge übereinander angebracht. Mein Kollege saß auf einer Bank im Vorsaale des Kriminalamts mit ein paar Gefangenen, die er eingebracht hatte, als ihm die Geschichte einfiel. Statt aber gescheit zu sein und ein Patent darauf zu nehmen, erzählte er sie einem der Herren Aktuare, der sprach darüber mit einem Professor, und wie man die Hand umdrehte, hatte der's nachgemacht und steckte den Nutzen ein – und jetzt muss man für jeden Zug an der Klingel, und wenn's nur bis Bamberg wäre, 1 Gulden 30 Kreuzer zahlen – rechnen Sie einmal die Halben Bier, die man dafür trinken könnte.«

»Hm«, sagte der Kommerzienrat, der jetzt nach des Gendarm Meinung einen vollkommenen Einblick in die Sache gewonnen haben musste, sich aber doch mehr für den andern Fall interessierte, »also zwei Brüder der jungen Dame sind hier durch und nach Bamberg gegangen, die Flüchtige einzuholen?«

»Jawohl, Herr Kommerzienrat«, erwiderte der Gendarm, »tut mir eigentlich leid um das arme Ding. Lieber Gott, wenn sie einmal ihren Bräutigam nicht haben will, ist es auch hart, sie dazu zu zwingen; aber das ist eine Sache, die nur die Familie unter sich auszumachen hat, die Polizei muss jedenfalls ihre Schuldigkeit tun, und wäre sie mir unter die Hände gefallen, würde ich sie ebenfalls ausgeliefert haben und wenn es meine eigene Schwester gewesen wäre.«

Nach diesem heroischen Bekenntnisse stand der Mann mit der Uniform rasselnd auf, trank sein Bier aus, wobei er einen prüfenden

Blick über die in der Stube versammelten Physiognomien gleiten ließ, und wollte sich eben anschicken, mit einem militärischen Gruß das Zimmer zu verlassen, als ihm eine versäumte Höflichkeit einfiel.

»Ihr Fräulein Nichte befindet sich doch vollkommen wohl, wenn ich fragen darf?«, sagte er mit einer höflichen Verbeugung gegen den Kommerzienrat. »Vielleicht nur ein wenig angestrengt von der Reise?«

»Ja – ich danke«, erwiderte der Kommerzienrat und fühlte, wie ihm das Blut in einem wahren Strom in die Stirn und Schläfe schoss, dass er einem königlichen Beamten gegenüber lügen musste.

»Ist unangenehm, besonders für Damen«, setzte der galante Gendarm hinzu, »ihres Gepäckes, wenn auch nur zeitweilig beraubt zu werden. Nun, hoffentlich haben Sie die ganze Bescherung morgen mit dem Frühzuge wieder hier. – Wünsche Ihnen einen angenehmen Abend, Herr Kommerzienrat!«, und der Mann rasselte mit klirrenden Sporen und klapperndem Wehrgehänge zur Tür hinaus.

10. Der Schlafkamerad

»Da haben wir die Bescherung«, stöhnte der Kommerzienrat stillbetrübt vor sich hin, als ihn der Gendarm, seinen eigenen Geschäften nachzu-gehen, verlassen hatte; »ich sitze hier, schon ohnedies ein halber Ge-fangener, auf mein Gepäck wartend, und die beiden Brüder der Mamsell, die mich mit ihrer Onkelschaft in die nichtswürdigste Verle-genheit gebracht hat, fahren in der Gegend umher und werden, wenn sie sich in der falschen Fährte finden, jedenfalls hierher zurückkehren. Finden sie mich als Mitschuldigen aus, kann ich mir gratulieren, denn dass ich an der ganzen verdammten Geschichte so unschuldig bin wie ein neugeborenes Kind, wird mir natürlich gar niemand glauben. Und wie hab ich mich selber der Polizei gegenübergestellt? Gott im Himmel, wenn das später in die öffentlichen Blätter käme und Dorothee kriegte es zu sehen, ich wäre ein geschlagener Mann.«

Der Kommerzienrat blieb noch eine ganze Weile, mit seinen eben nicht sehr erfreulichen Gedanken beschäftigt, an dem Tische sitzen; da die Nacht aber indessen mehr und mehr einbrach und der Tabak-qualm in dem engen Raum immer unerträglicher wurde, beschloss er lieber wieder in sein Zimmer zu gehen. Er ließ sich deshalb unten ein

Licht geben, stieg langsam die Treppe hinauf, ging über den Gang hinüber nach seiner Stubentür, öffnete sie und wollte eben gähnend eintreten, als er Licht darin und am Tisch einen Fremden sitzen sah.

»O bitte tausend Mal um Entschuldigung«, rief der Kommerzienrat, vor der unerwarteten Entdeckung zurückfahrend, »ich habe die Tür verwechselt.«

Der Fremde machte eine leichte gleichgültige Bewegung mit dem Kopfe, als ob er hätte sagen wollen: »Sie sind vollkommen entschuldigt«, und studierte dann in den vor ihm liegenden Papieren weiter. Der Kommerzienrat dagegen drückte die Tür leise und artig ins Schloss zurück, den Fremden da drinnen nicht weiter zu stören und sein eigenes Zimmer zu suchen. Aber wo war das? In den vielen Türen des Korridors fand er sich gar nicht mehr zurecht, und wo er eine Tür anfasste, traf er entweder schon jemanden im Zimmer oder sie war verschlossen. Noch einmal ging er jetzt an die Treppe zurück, um von da aus in einer gewissen Art von Instinkt die rechte Tür zu finden; sein Weg führte ihn wieder an dasselbe Schloss, hinter dem der Mann neben dem Tische saß und las, und es blieb ihm jetzt nichts weiter übrig als hinunterzugehen und seine Nummer zu erfragen.

»Nummer vom Herrn Kommerzienrat – welche Nummer hat der Herr Kommerzienrat?«

»Nummer 7.«

»Nummer 7, Herr Kommerzienrat!«, wiederholte der Wirt.

»Nein, das ist nicht möglich«, sagte Herr Mahlhuber, »in dem Zimmer wohnt ein anderer Herr; Nummer 17 vielleicht.«

»Nein, Nummer 7«, drückte sich der Wirt jetzt mit einer etwas verlegenen Verbeugung vor. »Ach bester Herr Kommerzienrat, Sie dürfen es nicht übelnehmen –«

»Aber in Nummer 7 wohnt schon jemand«, sagte dieser bestimmt; »ich habe mir Nummer 7 bestimmt angesehen.«

»Ich weiß wohl, Herr Kommerzienrat«, sagte der Wirt mit seinem freundlichsten Lächeln, »aber die entsetzlich vielen Gäste, die gerade heute Abend angekommen sind –«

»Ja, dagegen habe ich ja gar nichts, sagen Sie mir nur meine Nummer.«

»Ich bin genötigt gewesen, den Herrn mit in Ihr Zimmer einzuquartieren«, brach der Mann in einem verzweifelten Entschlusse heraus.

»In mein Zimmer?«, rief der Kommerzienrat, und beinahe hätte er das Licht, das er in der Hand trug, fallen lassen, jedenfalls fiel die Lichtschere hinunter.

»Es war wahrhaftig nicht anders möglich.«

»Ich soll mit dem Fremden in einem Zimmer schlafen?«

»Nur für die eine Nacht, bester Herr Kommerzienrat; es ist ein ganz anständiger Herr und ein guter Freund von mir.«

»Aber zum Teufel, Herr, warum nehmen Sie ihn da nicht in Ihr Zimmer?«, fragte der Kommerzienrat in nicht unrichtiger Folgerung.

»Bester Herr Kommerzienrat, ich habe eine Frau und vier Würmer darin«, entschuldigte sich der Wirt, ihm dabei wie besänftigend an der Schulter herunterstreichend. »Alles was recht ist –«

»Frau und vier Kinder in einem Zimmer«, sagte der Kommerzienrat kopfschüttelnd, »doch was geht das mich an? Ich habe von Ihnen das Zimmer heute Nachmittag für mich allein gemietet und bin willens Ihnen dasselbe Geld dafür zu zahlen, das Sie von beiden fordern können; schaffen Sie mir nur den fremden Menschen da hinaus; ich kann nicht zu zweien in einem Zimmer schlafen, es widerstreitet meiner Natur.«

»Sind Sie verheiratet?«, fragte der Wirt.

»Nein – wieso?«

»Nun, ich meinte nur – aber ich kann doch den Herrn da nicht wieder hinauswerfen, verehrter Herr Kommerzienrat«, klagte der Wirt, »und in der ganzen Stadt ist kein Platz mehr zu haben. Ich weiß, Sie sind in Ihrem vollen Rechte, Sie können das Zimmer für sich allein verlangen, und wenn Sie es durchaus wollen, muss der andere Herr hinaus, aber Sie glauben gar nicht, was Sie mir für eine Freundschaft erweisen, wenn Sie ihn darin behielten. In ein anderes Zimmer kann ich ihn schon gar nicht mehr stecken, denn in keinem liegen unter vier und fünf, in manchem noch mehr, das war das einzige leere Bett, und so ein lieber Mensch.« – Und nun erging sich der beredte Wirt in einer Masse von Bitten und Beschwörungen und Schilderungen des liebenswürdigen Schlafkameraden, den er bekommen hätte, dass der gutmütige Kommerzienrat, der überhaupt kaum einem Menschen in der Welt eine Bitte abschlagen konnte, endlich einwilligte und seufzend mit dem Licht wieder umdrehte nach Nummer 7 zu.

Dort angekommen, klopfte er höflich an die Tür, und auf das mürrische »Herein« seines aufgedrungenen Stubengenossen trat er mit einem schüchternen »Guten Abend – Sie entschuldigen« in sein eigenes Zimmer.

Zu seiner wirklichen Entschuldigung muss ich dem Leser nochmals bemerken, dass er ein deutscher Kommerzienrat war.

»Guten Abend«, sagte der im Besitz sich Befindliche, den Kopf zurückbiegend und mit der flachen, nach auswärts gedrehten Hand seine Augen vor dem Lichte schützend, den Eintretenden besser erkennen zu können; »wollen Sie auch hier schlafen?«

»Ich hatte allerdings die Absicht«, erwiderte der Kommerzienrat, doch etwas über die Frage frappiert; »ich wohne seit heute Mittag in diesem Zimmer.«

»Ah ja, ich weiß«, sagte der Fremde, »ich sah die Sachen hier stehen, als ich hereinkam. Der Wirt wollte es möglich zu machen suchen, Ihnen ein anderes Schlafzimmer anzuweisen.«

»Mir?«, rief der Kommerzienrat, in der Tat etwas betroffen über die kaltblütige Ruhe des Mannes, der sich doch eigentlich hätte – er fühlte das unbestimmt – bei ihm entschuldigen müssen. Der Fremde brach aber diese Gedanken kurz ab und sagte freundlicher als er bisher gesprochen: »Nun, wir müssen sehen, wie wir uns einrichten, Herr Schlafkamerad; der geduldigen Schafe gehen viele in einen Stall. Außerdem ist es ja nur für eine Nacht, wir werden uns schon vertragen und es ist mir immer lieber, als dass mich der Wirt mit zu einem der Frommen hineingesteckt hätte. Bitte, nehmen Sie Platz.«

Der Fremde rückte sich dann das Licht etwas bequemer zurecht, stützte den Kopf in die linke Hand und vertiefte sich aufs Neue in die vor ihm liegenden Briefe oder Papiere, von denen er von da ab kein Auge mehr verwandte.

Es war ein noch junger, und wie es schien schlanker Mann, von etwa 24 bis 26 Jahren, anständig und modern gekleidet, aber mit auffallend langem dunklen Haupthaar, zwei vorn in die Höhe gedrehten Jupiter-Ammon-Locken und -Spitzen, aber ebenfalls vollem langen Bart, jedenfalls ein Fremder, und zwar seinem Dialekt nach ein Österreicher. An dem linken Zeigefinger trug er einen großen Siegelring mit einem roten geschnittenen Stein, auch einen vielleicht echten Brillant im schwarzen

Halstuch (der Kommerzienrat war kein Kenner von Steinen) und den Rock mit einer Reihe Knöpfen bis oben an die Tuchnadel zugeknöpft.

Der Kommerzienrat Mahlhuber saß auf dem Sofa, sein dunkel brennendes Talglicht mit einer großen Schnuppe daran vor sich, und starrte in tiefen Gedanken auf den Lesenden, der seiner gar nicht weiter achtete. Das vor ihm brennende Licht warf dabei einen rötlichen zitternden Schein auf ihn, der den Umrissen des Körpers ordentlich Bewegung gab und wie ein leises Zucken aussah, und die tiefen Seufzer, die er zu gleicher Zeit nur mühsam zu unterdrücken schien, bis er sie nicht mehr bewältigen konnte, wurden dem kleinen gutmütigen Manne zuletzt selber unheimlich.

Der Fremde war gewiss recht unglücklich – hatte vielleicht einen schmerzlichen Brief aus der Heimat erhalten und saß nun brütend darüber. – Aber, lieber Gott, er konnte ihm nicht helfen, er hatte seine Hände schon in mehr fremden Affären als ihm lieb war, und der arme Teufel mochte sehen, wie er selber mit seinem Anteil Leiden fertig würde. Jeder Mensch hat überhaupt sein Pack zu tragen, der eine schwerer, der andere leichter – er schleppte die Leber- und Balggeschwulst, wenigstens die Folgen davon – sein Vis-à-vis wand sich wahrscheinlich unter anderm Kummer.

Über dem Denken wurde er müde, bezwang sich aber doch noch und würde eigentlich am liebsten abgewartet haben, dass der Fremde zuerst zu Bett gegangen wäre. Da fing dieser auf einmal an zu gähnen und der Kommerzienrat sah kaum die Bewegung, als auch bei ihm die Kinnladen an zu arbeiten fingen und er sich gar nicht wieder zufriedengeben konnte.

»Sie werden schläfrig«, sagte der Fremde.

»Ich? Bitte um Verzeihung, es zog mir nur so –«, wieder unterbrach das Gähnen jede vielleicht beabsichtigte Bemerkung, »es zog mir nur so durch die Kinnbacken. Das kommt aber von einer Erkältung, die ich mir neulich zugezogen; auf Leber und Kinnbacken wirft sich bei mir alles, ich leide an der Leber.«

»So?«, sagte der Fremde, ohne weitere Notiz von ihm zu nehmen.

»Ja«, sagte der Kommerzienrat seufzend, »meine Leber ist drei Zoll zu groß – sie passt mir nicht mehr und trägt sich auch nicht ab – sie wird immer größer, bis sie mir einmal das Herz abdrückt.«

Der Fremde stieß einen tiefen kläglichen Seufzer aus, erwiderte aber nichts, bis Herr Mahlhuber, der sich doch späterer Reiseerinnerungen wegen davon in Kenntnis zu setzen wünschte, mit wem er eigentlich eine Nacht in ein und demselben Zimmer geschlafen, sehr höflich sagte:

»Apropos, verehrter Herr, mit wem habe ich denn eigentlich das Vergnügen so naher Nachbarschaft?«

»Doktor Wickendorf aus Wien«, sagte der Fremde, ohne von seinen Papieren aufzusehen.

»Aus Wien – i sehen Sie einmal an!«, rief der Kommerzienrat, von einem neuen Gedanken ergriffen. »Ich habe in der Tat schon einmal daran gedacht, nach Wien zu reisen, um – hm, das träfe sich ja wirklich ganz ausgezeichnet und könnte als ein gütiger Wink der Vorsehung gelten, die uns hier so glücklich zusammengeführt. Darf ich mir eine Frage an Sie erlauben?«

»Was wünschen Sie?«, fragte der Fremde langsam über das Licht hinwegsehend, erstaunte aber nicht wenig, als sein Schlafkamerad, der vom Sofa aufgestanden war, mit niedergebeugtem Kopfe, als wenn er ihn hätte widderartig vom Stuhle stoßen wollen, auf ihn zukam.

»Bitte, fühlen Sie einmal hierher«, sagte der Kommerzienrat, als er dem Fremden so nahegekommen war, dass dieser schon von seinem Stuhle aufspringen wollte, indem er ihm den niedergedrehten Kopf hinhielt und mit seinem rechten Zeigefinger in die Nähe seines Scheitels deutete. »Tun Sie mir die Liebe und fühlen Sie einmal hierher.«

»Aber was wollen Sie nur?«

»Hierher, wenn ich bitten darf – noch ein wenig mehr rechts – so, das ist der Platz, fühlen Sie da nichts?«

»Nein.«

»Gar nichts, keine Erhöhung?«

»Nein, eher ein Loch –«, sagte Doktor Wickendorf. »Sie haben sich wohl im Heraufkommen an die Treppe gestoßen?«

Der Kommerzienrat stöhnte tief auf.

»An die Treppe gestoßen?«, wiederholte er seufzend. »Gäbe Gott, es wäre weiter nichts als das, aber ich wollte schon lange einmal einen der berühmten Wiener Ärzte konsultieren, und das Schicksal scheint mir jetzt günstig zu sein. Meine Leber ist nämlich drei Zoll zu groß«, fuhr der Kommerzienrat, als ihn der junge Mann unterbrechen wollte, rasch fort. »Ich leide an einer speckigen Entartung der Leber, die ich an Rippen, Zwerchfell und Magen anstoßen fühle. Das Schlimmste aber dabei, was mir mein Hausarzt nicht zugestehen will, ist eine damit in Verbindung getretene, früher operierte Balggeschwulst.«

»Herr, tun Sie mir den Gefallen und seien Sie still!«, rief Doktor Wickendorf, indem er ein Gesicht schnitt, als ob er Aloe verschluckt hätte. »Ich kann so etwas nicht hören, es wird mir immer gleich übel.«

»Übel?«, rief der Kommerzienrat. »Ein Arzt und übelwerden – fühlen Sie nur hier – die Balggeschwulst war etwa von der Größe eines Taubeneis, leicht beweglich unter den Fingern, und –«

»Aber was geht das mich an!«, rief der junge Mann im Ekel abgewandt. »Ich bin ja doch kein Arzt, dass Sie mich mit solchen höchst fatalen Dingen quälen.«

»Kein Arzt?«, rief der Kommerzienrat wirklich überrascht. »Sagten Sie mir denn nicht selber, dass Sie ein Doktor wären?«

»Ich bin Doktor der Philosophie, aber kein Arzt«, brummte der junge Mann ärgerlich vor sich hin.

»O da bitte ich tausend Mal um Entschuldigung«, sagte der kleine Mann sehr erschreckt und glitt, während der missverstandene Doktor über seinen Skripturen weiterbrütete, in seine Sofaecke zurück.

Es wurde ihm aber unheimlich, auch vielleicht langweilig, dem stillen düstern Gesellen gegenüber so dazusitzen und nicht einmal von seiner Leber reden zu dürfen. »Doktor – kein Mensch sollte eigentlich die Erlaubnis bekommen, sich Doktor nennen zu dürfen, wenn er nicht wirklich Arzt ist, denn das muss ja zuletzt eine sträfliche Konfusion geben. – Und der Mensch hatte gar kein Gefühl für anderer Leiden«, setzte er in seinen Gedanken, dabei ernstlich mit dem Kopfe schüttelnd, hinzu, »ekelt sich, wenn ihm ein Mitmensch das erzählt, was ihn drückt – und ist noch grob dazu. Ich werde zu Bette gehen.« Und mit einem tief aus der Brust heraufgeholten Seufzer beschloss er, diesen guten Vorsatz auch augenblicklich auszuführen.

Das Bett war gut – das Deckbett ein wenig schwer und warm, das ließ sich nicht ändern; warum lag er in fremden Betten herum, da er zu Hause ein besseres hatte. Wenn er nur jetzt wenigstens einschlafen konnte, die Versäumnisse und Schrecken der letzten Nacht in etwas nachzuholen. Großer Gott, was hatte er nicht alles in den letzten 48 Stunden erlebt? – Und wo befand er sich jetzt? – Er löschte das Licht aus, dass er den unbehaglichen fremden Platz nur gar nicht länger zu sehen brauchte, und wollte sich dann mit einem höflichen »Gute Nacht!« für seinen Stubengefährten auf die rechte Seite drehen; aber das andere Licht brannte noch, und mit einem brennenden Lichte im Zimmer war er nun einmal nicht imstande, einzuschlafen. Es ging nicht, er mochte noch so müde sein; wollte denn der Mensch die ganze Nacht durch lesen?

Der Kommerzienrat warf sich eine ganze Stunde lang im Bette herum, an Einschlafen war nicht zu denken, und sein Stöhnen machte endlich den Fremden ebenfalls aufmerksam.

»Sie können nicht schlafen?«, sagte dieser, den Kopf halb nach ihm herumdrehend.

»Mein Herr Doktor – wenigstens nicht solange ein Licht im Zimmer brennt«, erwiderte der Kommerzienrat, fest entschlossen, seinen neuen Quäler wenigstens wissen zu lassen, was ihn beunruhige. Doktor Wickendorf hatte die Anspielung gar nicht gehört oder nicht verstanden, denn er las ruhig weiter, und nur das erneute Stöhnen des Schlaflosen weckte ihn endlich wieder aus seinem Brüten.

»Mein lieber Herr«, sagte er, mit einem tiefen Seufzer von seinen Schriften aufsehend, indem er sich ganz nach dem Bette des andern umdrehte, »apropos, Sie haben mir noch nicht einmal ihren Namen genannt.«

»Mahlhuber!«, stöhnte der Kommerzienrat.

»Ah – mein lieber Mahlhuber, wie es scheint, können Sie doch nicht einschlafen –«

»Wenigstens nicht solange das Licht brennt.«

»Da wären Sie vielleicht nicht abgeneigt«, fuhr der Doktor, ohne auf den Einwand zu hören, fort, »mir Ihre Hilfe in einer sehr schwierigen Sache angedeihen zu lassen.«

»Meine Hilfe?«, sagte der Kommerzienrat, sich erschreckt in seinem Bette emporrichtend. »Mein lieber Herr Doktor, ich kann mir selber nicht helfen, und denke gar nicht daran mich in die Affären anderer Leute weiter hineinzumischen, als ich schon, vollkommen gegen meinen Willen, hineingeraten bin. Wenn Sie mir nur erlauben wollten, dass ich –«

»Ich verlange nichts von Ihnen als Ihren Rat«, sagte der Doktor, ohne auf die Einsprache weiter Rücksicht zu nehmen. »Sie sollen nicht die geringste Verantwortlichkeit dabei übernehmen, Ihr Name wird nicht einmal genannt. Nur, wie schon gesagt, Ihren Rat wünschte ich, denn ich habe es schon oft gefunden, dass das Urteil eines vollkommen unbefangenen ruhigen Mannes manchmal mit Leichtigkeit und spielend das Rechte trifft, während wir armen Sterblichen uns umsonst abmühen, ein glückliches befriedigendes Resultat auf irgendeine künstliche Weise herbeizuführen. Es betrifft Leben und Tod eines Menschen, der die scheußlichsten, nichtswürdigsten Verbrechen –«

»Leben und Tod?«, rief der Kommerzienrat erschreckt. –

»Bitte, unterbrechen Sie mich nicht«, sagte der Doktor, die Hand dabei gegen die entfernte leere Zimmerecke ausstreckend und mit hohlem, aber begeistertem Tone fortfahrend, »der die scheußlichsten, nichtswürdigsten Verbrechen unter dem Mantel christlicher oder vielmehr geheuchelter Frömmigkeit begangen, sich in Familien eingeschlichen und die Töchter verführt, sich in Geschäfte gedrängt und die Firmen ruiniert, sich an Reiche gehängt und sie ausgesogen hat, bis sie in Verzweiflung einem raschen Tode in die Arme sprangen, oder in Elend und Siechtum ihrem Grabe entgegenwelkten. Der letztvorkommende Fall ist der furchtbarste, und ich weiß noch nicht, was die Folgen sein werden. Nach unsern moralischen Gesetzen kann ein solcher Verbrecher nicht frei ausgehen, und doch ist er nicht zu fassen, doch hat er sich bis jetzt schlau allem zu entziehen gewusst, was den Gerichten auch nur den geringsten Halt an ihm bieten konnte –«

»Das muss ja ein ausgefeimter Schurke sein«, rief der Kommerzienrat, halb in dem Wunsch sich mit dieser Bemerkung wieder unter seine Decke zurückziehen zu können und die Unterhaltung damit für heute abgebrochen zu haben, halb aber auch in gerechter staatsbürgerlicher Entrüstung über ein solches Scheusal, das unter dem Deckmantel der Religion Jammer und Elend in der Welt säte, und nun noch dazu von der weltlichen Gerechtigkeit, trotz erwiesener Schuld, nicht erfasst und zermalmt werden konnte.

»Darf ich Ihnen diese Aufzeichnungen vielleicht einmal vorlesen?«, sagte der Doktor jetzt wieder, einen freundlichen Blick auf den Kommerzienrat werfend. »Wenn Sie die Triebfedern von des Verbrechers Charakter erst einmal hieraus kennenlernen, werden Sie eher imstande sein, ein Urteil zu fällen. Ich fürchte, der liebe Gott selber wird einen Blitz oder eine furchtbare Seuche oder etwas Derartiges über den

Menschen schicken müssen, ihn zu bestrafen, denn auf andere Art sehe ich nicht, wie ihm beizukommen ist – das letzte Verbrechen müsste denn klar bewiesen werden und gegen ihn zeugen.«

»Aber ich sollte doch denken, die Polizei müsse da imstande sein, ihn zu überführen?«, rief der Kommerzienrat. »Wofür ist sie denn da?«

»Sie werfen da eine schwierige Frage auf«, lächelte der Doktor, »aber Sie werden mir selber recht geben, wenn Sie einmal die Einzelheiten gehört haben.«

»Wie viel Uhr haben wir denn eigentlich?«, sagte der Kommerzienrat, vergebens bemüht, in seiner dunklen Ecke das Zifferblatt der einen Uhr zu erkennen.

»Oh, es ist kaum zehn Uhr, wir haben noch Zeit genug zum Schlafen. Ich bitte Sie aber jetzt den einzelnen Punkten aufmerksam zu folgen, Sie werden über ein solches Gewebe von Bosheit erstaunen.«

Der Kommerzienrat wollte noch eine Einwendung machen; es war zehn Uhr und die Zeit für ihn zur Ruhe, die, wenn er sie überschritt, sich am andern Tage unrettbar an ihm strafte; aber er schämte sich auch einer so furchtbaren Notwendigkeit gegenüber, wo es sich um die Bestrafung oder Entdeckung eines wirklich gefährlichen Menschen handelte, gleichgültig zu scheinen, fühlte noch einmal nach Leber und Kopf, seufzte tief und schmerzlich auf und sagte dann endlich resigniert:

»Nun gut, Herr Doktor, wenn sich die Sache wirklich so verhält, so fangen Sie in Gottes Namen an – es wird doch nicht so sehr lange dauern?«

»Kaum eine halbe Stunde«, lautete die wenigstens in dieser Hinsicht tröstliche Antwort, und der Doktor putzte sein Licht, räusperte sich, trank einen Schluck Bier aus dem neben ihm stehenden Glase, stützte den Kopf wieder in die linke Hand und begann:

11. Die Geschichte von dem Scheusal

»In einer großen Stadt in Deutschland, die wir Yburg nennen wollen, ich habe den wirklichen Namen absichtlich weggelassen, besonderer Rücksichten halber – lebte der Kommerzienrat Schöler –«

»Kommerzienrat?«, fragte unser Freund gespannt und sich etwas weiter aus dem Bette lehnend, das Ganze besser zu hören.

»Der Kommerzienrat Schöler; ich muss Sie aber bitten, mich jetzt nicht weiter zu unterbrechen, da Sie sonst den Faden verlieren und dem Ganzen nicht aufmerksam genug folgen können; ich will lieber noch einmal von vorn anfangen: In einer großen Stadt in Deutschland, die wir Yburg nennen wollen, lebte der Kommerzienrat Schöler in sehr glücklichen, mit jeder irdischen Lebensgabe reichlich ausgestatteten Verhältnissen. Er besaß ein stattliches Haus mitten in der Stadt, in einer der besten Lagen – die erste Etage bewohnte er selber, die zweite allein trug ihm 400 Taler Miete –, war in allen ersten Familien eingeführt, galt für einen Liebling des Königs, trug drei Orden verschiedener Herren Länder, bezog vom Staate noch außerdem eine Pension von 1.200 Talern, und verfügte als Vormund der Tochter eines reichen, vor einiger Zeit verstorbenen Bankiers außerdem über ein sehr bedeutendes Kapital. Diese junge Dame hieß Rosaura.

Der Kommerzienrat Schöler war ein anerkannt ehrenwerter und außerdem sehr frommer Mann, Mitglied des Gustav-Adolf-Vereins, Vorsteher eines Armeninstituts, Kassierer des Waisenhauses, Direktor des Missionsvereins und Protektor aller übrigen mildtätigen Anstalten in der Stadt und Umgegend, dabei etwa 52 Jahre alt, noch immer ziemlich rüstig und unbeweibt –«

»Aber Sie wollen doch nicht behaupten, dass dieser Mann«, warf der Kommerzienrat Mahlhuber eine fast ebenso erschrockene als erstaunte Bemerkung ein.

»Bitte, unterbrechen Sie mich nicht«, sagte der Doktor rasch, »es gibt in unserm gesellschaftlichen Leben viele Dinge, die wir uns nicht träumen lassen; aber Sie werden gleich selber hören. In dem Hause des Generalsuperintendenten, wo der Kommerzienrat freien Eintritt hatte, erkrankte die Tochter so schwer, dass ihr Arzt, ein intimer Freund des Kommerzienrats, keine andere Rettung wusste, als sie in ein ziemlich entfernt gelegenes Bad zu einer von seinen eigenen Verwandten zu schicken; das geschah. Die Kasse des Waisenhauses wurde eines Morgens erbrochen gefunden. In dem Lokal, wo sie aufbewahrt worden, fanden sich deutliche Spuren, dass im Hause selber irgendjemand mit den Spitzbuben – es war ein Kapital von 15.000 Talern entwendet worden – gemeinsame Sache gemacht hatte; aber trotz allen Nachspürens der Polizei blieb der Dieb unentdeckt. Der Kommerzienrat war an dem Nachmittag, wie er das sehr häufig dringender Arbeiten wegen tat, der Letzte im Büro gewesen. Er selber sagte aus, dass bei seinem Fortgehen alles in der gewöhnlichen und gehörigen Ordnung gewesen sei, und er die Fenster noch selber eigenhändig untersucht habe, ob die Läden fest und gut geschlossen seien. Ein Resultat war nicht zu erzielen, und mehrere, der Unterkassierer, wie der Hausmann und andere niedere Beamte, auf die man in diesem Falle Verdacht werfen musste, wurden eingezogen und eine Weile in Untersuchungshaft gehalten, und als sich ihnen nichts beweisen ließ, abgelohnt und entlassen.«

»Es ist entsetzlich!«, stöhnte der Kommerzienrat.

»Als Direktor des Missionsvereins«, fuhr der Doktor fort, »hatte der Kommerzienrat, der mit Australien und Afrika in brieflicher Verbindung stand und einzelne Freunde dort drüben hatte, übernommen, die Gelder wie die wollenen Unterröcke und Strümpfe für die Heidenkinder an ihre Adressen zu befördern. Die Unterröcke und Strümpfe kamen an, das Geld nicht –«

»Aber da hätten ja die Postscheine augenblicklich ergeben müssen, wo das Geld abhandengekommen!«, rief der Kommerzienrat erstaunt aus.

»Wahrhaftig, Sie haben recht«, sagte der Doktor, »daran habe ich noch gar nicht gedacht, sehen Sie, das war ein sehr guter Gedanke, das muss ich mir überlegen. Aber hören Sie weiter. Kommerzienrat Schöler nimmt vor einigen Jahren ein armes junges Mädchen, eine Waise, deren Vater und Mutter auf eine schaudererregende Art in dem Brande ihres Hauses umkamen, bei sich auf, lässt sie unterrichten und zieht sie zu seiner Wirtschafterin heran. Das Mädchen heißt Susanna. Die Tochter des Bankiers, sein Mündel, die einige Zimmer in der Etage des Kommerzienrats bewohnt, kränkelt indessen seit einiger Zeit und wird von demselben Doktor, der die Tochter des Generalsuperintendenten in das Bad geschickt hat, behandelt. Ihre Krankheit ist eigener Art, nervenlähmend, mit heftigem Drücken des Herzens und Magens.«

»Das kenne ich«, rief der Kommerzienrat lebhaft, »das ist der Anfang der Hypertrophie.«

Der Doktor, der sich an seinem Tische gegen ihn mit dem Stuhle gewendet hatte, sah überrascht zu ihm auf, über das Papier weg und sagte ruhig:

»Ich muss Sie ernsthaft bitten, alle derartigen Unterbrechungen zu vermeiden, ich sehe mich sonst genötigt, das Lesen aufzugeben.« Der Kommerzienrat überlegte sich eben, ob das überhaupt eine Drohung sei, als jener, in den Schriften suchend, die verlorene Stelle wiederzufinden, fortfuhr: »Ihre Brust ist beengt, ihr Atem erschwert, häufiger Schweiß auf der Stirn, Übelkeiten und Kopfschmerzen –«

»Ich gebe Ihnen mein Wort, dass –«, fuhr der Kommerzienrat unwillig heraus, biss aber seine Worte kurz ab und schluckte den übrigen Satz hinunter, als er dem finsterzürnenden Blick des Lesenden begegnete.

»Merkwürdig«, sagte dieser, ohne sich weiter stören zu lassen, »dass diese Zustände sich oft auf einige Zeit besserten, ja fast vollkommen hoben, nur um nach einiger Zeit mit um so viel größerer Stärke wiederzukehren, bis sie ihnen endlich erlag. Das Testament kam jetzt zur Vollstreckung, nach dem – solchen Fall vorausbestimmt, dass die einzige Erbin vor ihrer erlangten Mündigkeit sterben sollte – ziemlich bedeutende Summen an Wohltätigkeitsanstalten und fromme Stiftungen übergingen, für den Rest aber, mit einem Kapital von etwa 100.000 Talern, der Kommerzienrat Schöler zum Erben eingesetzt war.«

»Sie hat Gift bekommen!«, rief der andere Kommerzienrat, in seinem Bette die Hände vor Entsetzen zusammenschlagend.

»Kommerzienrat Schöler war jetzt mehr noch als je ein reicher Mann«, las der Doktor lächelnd weiter, »betrauerte allerdings den Tod der jungen Erbin ein volles Jahr durch schwarze Kleidung und einen breiten Flor um den Hut, setzte sich aber ungesäumt in den Besitz des bedeutenden Vermögens und lebte herrlich und in Freuden.

Noch existierte ein armer, aber naher Verwandter des Bankiers, und zwar der Stiefsohn seiner Schwester, der aber, jung und leichtsinnig, dem alten reichen Herrn nie recht gefallen hatte. Karl, so hieß er, war ein herzensguter braver Bursche, selten bei Kasse, es ist wahr, aber stets leichten Herzens und fröhlichen Sinnes, bis er einst in des Onkels Hause, dem er eine Visite machte, dessen Tochter sah – kennenlernte und – mit dem Todespfeile im Herzen die Schwelle wieder verließ.

Nun bestand eine Sage in der Familie, dass vor alten Zeiten eine Großmutter dieses jungen Mannes in Indien verheiratet gewesen, später gestorben sei und ein rasendes Vermögen hinterlassen habe, das aber ein malayischer Regent, wegen eines fälschlich in Besitz genommenen

Landstrichs, anfechten wollte, und sich ein Distrikt in jener Gegend auch schon deshalb empört haben sollte. Eines Morgens tritt plötzlich ein sonnengebräunter Mann, der Ähnlichkeit mit einem Matrosen hat, in Karls Tür, fragt ihn, ob er Karl Neumann heiße, der Enkel einer in Indien verstorbenen Frau namens Katharina Neumann sei und seine Erbschaft von dort, etwa sieben Millionen spanische Taler, richtig empfangen habe.«

»Sieben Millionen Taler!«, flüsterte der Kommerzienrat in halblautem Erstaunen vor sich hin.

»Karl schrak zusammen«, fuhr der Doktor fort, »als ob er ein Verbrechen begangen habe und dabei entdeckt worden wäre; seine Wangen verließ das Blut, seine Glieder zitterten und er musste sich an einem Stuhle halten, um nicht umzusinken.

›Sieben Millionen Taler‹, stöhnte er, ›sieben Millionen Taler – von Indien?‹

›Sie haben nichts empfangen?‹, rief der Seemann rasch und erstaunt. ›Wäre es möglich, dass jener indische Rajah Sie darum betrogen hätte, hm, dann wehe ihm! Allahs Zorn und meine Rache sollen ihn treffen, und flöhe er zu den Stufen seines Tempels, zu dem Heiligtum des ewigen Sarges, ich würde ihn erreichen.‹

›Wer sind Sie‹, fragte ihn Karl, ›dass Sie solchen Anteil an meinem Schicksal nehmen, und glauben Sie, dass Sie mir zu der Erbschaft oder wenigstens zu einem Teile derselben wiederverhelfen könnten?‹

›Glaub ich!‹, wiederholte der Seemann indigniert. ›Ich weiß gewiss, dass, wäre das Geld in der Tat noch nicht abgesandt, es Ihnen werden muss, und wenn der erste Rajah selber die gierigen Hände schon darübergebreitet. Wir hatten in Indien die Adresse eines Mannes aufbekommen, an den die Summe abgeschickt werden sollte, der indische Fürst schwor in meine Hand, sie richtig zu befördern.‹

›Und wie hieß der Mann, dem man für mich ein solches Kapital anvertrauen wollte?‹, rief Karl, von einer fürchterlichen Ahnung ergriffen –

›Kommerzienrat Schöler‹, sagte der Seemann, und Karl brach bewusstlos neben seinem Stuhle zusammen. Wie lange er so gelegen, wusste er nicht; als er wieder zu sich kam, fühlte er wie ihm jemand kaltes Wasser in sein Gesicht goss, und er stöhnte: ›Wo bin ich?‹ Der indische Seemann war noch bei ihm und suchte ihn ins Leben zurückzurufen, und Karl musste ihm jetzt, sobald er sich nur soweit erholt, wieder sprechen zu können, erzählen, welche Befürchtungen er habe, und dass er fast überzeugt sei, wie der Kommerzienrat das Geld unterschlagen hätte.«

»Aber ich bitte Sie um Gottes willen«, brach jetzt der arme gequälte Mahlhuber, der immer noch nicht sah, dass der entsetzliche Mensch zur eigentlichen Sache kam, und es ebenfalls für höchst unwahrscheinlich fand, dass ein deutscher Kommerzienrat sieben Millionen Taler unterschlagen könne, das Schweigen. Er war fest entschlossen, jetzt ebenfalls ein Wort mit hineinzureden. »Sie haben ganz recht, dieser Mensch muss ein wahres Scheusal sein, und wenn wir sieben Uhr abends hätten, verehrter Herr, würde ich nicht das mindeste Bedenken tragen, Ihnen mit dem größten Interesse zuzuhören, denn der Fall ist in der Tat außergewöhnlich und muss, sobald er vor die Öffentlichkeit kommt, ein gewaltiges Aufsehen machen; aber tun Sie mir die Liebe – ganz abgesehen davon, dass ich wirklich glaube, Sie haben den Kommerzienrat mit den sieben Millionen in einem falschen Verdacht – und geben Sie mir lieber die Umrisse des Ganzen, die einfachen nackten Tatsachen, und lassen Sie besonders die Gespräche der Leute weg, denn ich bin sonst wahrhaftig nicht imstande, ein unbefangenes Urteil zu fällen. Mir ist der Kopf schon jetzt – ich kann Sie versichern – so wirr und voll von den vielen Namen und Begebenheiten, dass ich anfange irrezuwerden – wie viel Uhr haben wir wohl?«

»Oh, es ist noch früh«, sagte der Doktor, flüchtig auf seine Uhr sehend, ohne die Frage selber zu beantworten. »Ich kann Ihnen übrigens nicht helfen, denn diese Einzelheiten, die eben das Ganze bilden, müssen Sie kennenlernen, um imstande zu sein, ein richtiges Urteil zu fällen. Übrigens kommt gerade jetzt die Hauptsache, und ich bin fest überzeugt, sobald wir die berührt haben, werden Sie so gepackt und aufgeregt sein, die ganze Nacht nicht mehr schlafen zu können.«

»Das wäre mir aber nicht lieb«, stöhnte der Kommerzienrat vor sich hin, »die ganze vorige Nacht Hunde aus der Tür geworfen, und heute Nacht über ein Menschenleben zu Gericht sitzen, dass man sich später vielleicht die schrecklichsten Vorwürfe macht, jahrelang eine blutige Gestalt vor Augen sieht und hinter jeder Tür, unter jeder Bettstelle, besonders aber unter der eigenen, irgendeine entsetzliche Gestalt vermutet. Das bisschen Seelenruhe ist dann auch noch zum Teufel. –

Guter allmächtiger Gott! Und ein Kommerzienrat dieser nichtswürdige bigotte Heuchler – es ist eine Schmach für den sonst so ehrenwerten Stand. Man müsste wirklich bei der hohen Staatsregierung darauf antragen, dass ihm der Titel und Rang, sobald sein Verbrechen nur erst einmal konstatiert worden, wieder abgenommen würde, dass er aller dieser Ehrenrechte verlustig gehe. – Ein wahres Scheusal von einem Kommerzienrat.«

Der Doktor hatte indessen wieder einmal getrunken, und das Manuskript aufnehmend, begann er von Neuem:

»Jetzt muss ich noch erwähnen, dass das Haus, in welchem Karl wohnte, dicht an das des Kommerzienrats Schöler stieß und mit diesem auch in der Tat einen durch eine dünne Backsteinwand getrennten Keller hatte. Karl war nicht reich, aber er liebte es doch in seinem eigenen Keller sein eigenes Bier einzulegen, und er fühlte sich jetzt so schwach, dass er einer Stärkung, welcher Art sie auch sei, bedurfte. Er ging hinunter, das Bier heraufzuschaffen, und hörte unten, als er die Tür langsam aufgeschlossen hatte, ein dumpfes Graben und Stoßen nebenan, als ob die Erde aufgeworfen würde. In dem Augenblick achtete er aber nicht darauf, nahm einige Flaschen Bier unter den Arm und stieg wieder nach oben.

Dem Seemann schloss er nun sein ganzes Herz auf, gestand ihm, dass er arm aber ehrlich sei, und bat ihn um seinen Rat, wie es möglich gemacht werden könnte, dem gierigen Vormund das wahrscheinlich unterschlagene Kapital zu entreißen.

›Nicht um des Geldes wegen‹, rief der junge Mann, und ein edles Feuer blitzte aus seinen Augen, ›nicht des schnöden Mammons wegen sehne ich mich nach dem Besitze; was ich brauche, verdiene ich mir durch meine Feder, und frei und unabhängig stehe ich in der Welt, aber – weh mir – ich liebe hoffnungslos, und die Geliebte ist des falschen Onkels Mündel.‹«

»Aber die ist ja schon tot!«, rief der Kommerzienrat voller Erstaunen. »Ich bin ja schon fest davon überzeugt gewesen, dass sie der nichtswürdige Mensch vergiftet hat.«

»Ja – Sie haben recht«, sagte der Doktor, »aber hier lasse ich den Leser einen vermuteten Scheintod ahnen – ich spanne ihn gewissermaßen auf die Folter und glaube gerade, dass mir diese Wendung vortrefflich gelungen ist. Jetzt warten Sie – jetzt verschwindet das Mädchen, das er zu sich ins Haus genommen hat, und dadurch, dass Karl in seinem Keller das Graben und Erdewerfen gehört hatte, habe ich den Kommerzienrat vollständig in meiner Gewalt – ich kann ihn entweder durch eine Haussuchung überführen und entdeckt werden, oder vorher, durch den Seemann vielleicht, der sich dafür einen Teil der sieben Millionen sichert, warnen und nach Amerika flüchten lassen.«

»Ich werde noch verrückt!«, stöhnte der Kommerzienrat, mit beiden Händen seine eigene Stirn fassend und pressend. »Ist denn die Mündel wirklich tot oder lebt sie noch?«

»Ich sage Ihnen ja, ich kann das noch machen wie ich will«, erwiderte ihm der Doktor freundlich, »und auch hierüber wollte ich mir Ihre Ansicht erbitten, ob Sie nicht auch glauben, dass man durch einen glücklichen Scheintod das Interesse des Lesers weit gewaltiger anspannen könnte.«

Der Kommerzienrat fuhr mit beiden Beinen zugleich aus dem Bette.

»Haben Sie mir da Tatsachen vorgelesen?«, rief er dabei. »Oder mich zum Narren gehabt mit einer wahnsinnigen, erdichteten Geschichte, Herr?«

»Zum Narren gehabt? Wahnsinnige Geschichte? Mein Herr, das ist oder wird vielmehr eine Novelle, wenn ich imstande bin, sie so durchzuführen, wie sie angelegt ist, die ihresgleichen in der Literatur sucht, und nur um Ihre Meinung darüber zu hören und mir in der Entwicklung vielleicht durch einen einfach praktischen Rat an die Hand zu gehen, habe ich sie Ihnen vorgelesen.«

»Herr Doktor!«, rief jetzt der Kommerzienrat, mit den Füßen wieder zurück unter die Decke fahrend, als ob er draußen auf heißes Eisen getreten wäre, und mit beiden Händen zugleich seine weiße Nachtmütze fest und entschlossen über die Ohren ziehend. »Wenn ich Ihnen das jetzt sagte, was ich von Ihnen denke, könnten Sie mich bei jedem Kriminalamt auf die furchtbarste Verbalinjurie verklagen. So viel will und muss ich Ihnen aber bemerken, dass ich ein kranker Mensch bin, der vorige ganze Nacht kein Auge zugetan und Ihnen aus übergroßer, wie ich nun einsehe, alberner Gutmütigkeit sein eigenes Zimmer mit eingeräumt hat, um jetzt, unter der Vorspiegelung, wichtige Tatsachen erzählt zu bekommen, mit einer faden konfusen Novelle misshandelt zu werden. Ich verlange jetzt ernsthaft von Ihnen, dass Sie mich in

Ruhe lassen und endlich Ihr Licht auslöschen, ich bin sonst nicht imstande, einzuschlafen und – und wünsche Ihnen eine angenehme Ruhe.«

Damit fiel er wie totgeschlagen auf sein Kopfkissen zurück, schloss die Augen und machte ein Gesicht, als ob er Arsenik genommen hätte und nun bereit wäre zu sterben.

»Fade Novelle?«, rief der Doktor Wickendorf, an seiner empfindlichsten Stelle gefasst. »Mein Herr, ich habe Ihnen mehr Beurteilungskraft zugetraut, als Sie wirklich zu besitzen scheinen, und kann nur bedauern, meine Zeit damit verschwendet zu haben, Sie um eine Meinung darüber zu ersuchen. Schlafen Sie wohl!«

Der Mann war aufgesprungen und ging, zu des Kommerzienrats stillem Grimme, ohne das Licht auszulöschen, mit raschen Schritten und mit festverschlungenen Armen im Zimmer auf und ab, dann und wann einen zürnenden Blick nach der Stelle hinüberwerfend, wo sein duldender Schlafkamerad, äußerlich ein Bild des stillen Friedens, mit der über die Ohren gezogenen Nachtmütze auf dem Rücken lag, innerlich aber den unruhigen Gesellen mit dem brennenden Lichte dahin wünschend, wo der Pfeffer wächst. In einer Art von verzweifelter Resignation schien der Kommerzienrat entschlossen, auch das Schlimmste über sich ergehen zu lassen, ohne weiter dagegen anzumurren.

»Das geschieht dir recht, Hieronymus«, murmelte er dabei unhörbar vor sich hin, »das geschieht dir ganz recht, und es freut mich ordentlich, dass es so gekommen ist. Du in deinen Jahren hättest gescheiter sein können und sollen, als dich von einem Narren von Doktor in die Welt hineinschicken zu lassen. War es doch die Dorothee; die kannte mich besser, als ich mich selber kannte, und die Unbequemlichkeit, das Elend dieser Nächte, die Aufregung und der Ärger am Tage, das alles habe ich verdient, reichlich verdient mit meinem Leichtsinn. Nur die Leber – das rasende Wachsen der Leber jetzt seit den letzten zwei Tagen, das ist mein Tod, das habe ich nicht verdient, und ich sterbe als Märtyrer für die Bequemlichkeit der Wallfahrer, unter Dach und Fach zu schlafen. Wallfahrer«, fuhr er fort, seinen Grimm in eine neue Bahn lenkend, »das nennen nun die Leute wallfahrten; kehren abends ein, gehen zu Bier und essen, spielen und schlafen und verdrängen andere kranke Reisende aus ihrer gewohnten Ruhe und Bequemlichkeit – Wallfahrer – und der unglückliche Mensch läuft noch immer wie besessen im Zimmer herum und löscht das Licht nicht aus. Wenn ein Gerichtshof für moralische Verbrechen existierte, verklagte ich ihn auf kaltblütig überlegten, vorsätzlichen Mord – der Mensch will mich totmachen.«

Der Kommerzienrat schien ihm aber Unrecht getan zu haben, oder war Doktor Wickendorf selber müde geworden? Er trat plötzlich zum Tische, legte seine Papiere zusammen und schloss sie wieder in seinen Reisesack, fing an sich zu entkleiden und stieg dann, das brennende Licht neben sich auf einem kleinen Tische ungelöscht stehen lassend, ins Bett.

»Er wird es schon ausmachen«, tröstete sich der Kommerzienrat, der versteckt nach ihm hinüberblinzte, »er wird doch nicht mehr im Bette lesen wollen? – Das ist feuergefährlich.« Doktor Wickendorf las aber weder, noch machte er das Licht aus; hätte aber der Kommerzienrat das von ihm abgewandte boshaft lächelnde Gesicht des Schriftstellers sehen können, er würde gezittert haben.

Eine ganze Weile hielt es der arme gepeinigte Mahlhuber unverdrossen aus; er genierte sich, den Doktor zu belästigen und anzureden – er musste ja das Licht doch zuletzt einmal auslöschen; dieser schien jedoch an nichts weniger zu denken, und der Kommerzienrat drehte sich endlich mit einem gewaltsam gefassten Entschlusse nach ihm um, hustete erst einmal und sagte dann:

»Herr Doktor –«

»Ja.«

»Sie schlafen doch noch nicht?«

»Nein.«

»Dürfte ich Sie bitten das Licht auszulöschen? Ich bin nicht imstande vorher einzuschlafen, und es ist auch feuergefährlich.«

»Ich will Ihnen etwas sagen, Herr Mahlhuber«, erwiderte ihm sein Schlafkamerad freundlich, »ich sehe mich Ihnen gegenüber zu der Erklärung gezwungen, Sie nicht mehr zu beunruhigen als irgend nötig ist – ich habe das Licht absichtlich brennen lassen.«

»Aber weshalb, um Gottes willen?«

»Das will ich Ihnen sagen«, seufzte der Doktor, »solange bei Vollmond ein Licht nachts in meinem Zimmer brennt liege ich ruhig – sobald ich es auslösche, nachtwandle ich.«

»Herr du mein Gott!«, stöhnte der Kommerzienrat. »Das hat mir noch gefehlt.«

»Wünschen Sie es«, fuhr der entsetzliche Mensch ruhig fort, »so lösche ich das Licht augenblicklich aus, aber ich bitte Sie dann ernstlich mich zu halten, falls ich aus dem Fenster klettern wollte. Wir logieren allerdings in der ersten Etage, aber es sind Steine unten.«

»Aber mein Herr«, sagte der Kommerzienrat außer sich, »das nehmen Sie mir nicht übel, mit einem solchen Leiden behaftet, sollten Sie auch allein in einem Zimmer und womöglich mit vergitterten Fenstern schlafen –«

»Ich hatte auch den Wirt nur aus Rücksicht für Sie gebeten, Sie anderswo einzuquartieren«, sagte der Doktor vollkommen ruhig, »also wünschen Sie, dass ich das Licht auslöschen soll?«

»Um Gottes willen, nein!«, rief der Kommerzienrat.

»Dann wünsche ich Ihnen eine recht angenehme Ruhe«, sagte Doktor Wickendorf, drehte sich herum und war in der nächsten Minute auch schon fest und sanft eingeschlafen.

12. Sind Sie Herr Mahlhuber?

Der Kommerzienrat Mahlhuber verbrachte eine furchtbare Nacht; solange das Licht brannte, warf und quälte er sich mit Gedanken über seine Leber, und als das Licht niederbrannte und verlöschte und einen nichtswürdigen Qualm und Gestank im Zimmer verbreitete, peinigte ihn die Angst über das gedrohte Nachtwandeln des entsetzlichen langhaarigen Menschen, bis er endlich mit Tagesanbruch erst in einen unruhigen fieberhaften Schlaf verfiel.

Als er am andern Morgen durch den Hausknecht geweckt wurde – der nachtwandelnde Doktor schlief noch –, konnte er kaum seine Glieder rühren; seine erste Frage war nach dem telegrafierten Gepäck, und der Hausknecht bekam 30 Kreuzer, als er ihm die freudige Mitteilung machte, dass es unten in der Gaststube stehe.

Gidelsbach – das war sein Ziel, dem er zuzustreben hatte, Gidelsbach – was kümmerte ihn die andere Welt? – dort lag seine Heimat, dort lag für ihn Gesundheit und Ruhe, und Dorothee hatte ganz recht gehabt, er war ein Tor gewesen, auch nur einen Fuß herauszusetzen aus dem Weichbilde der Stadt.

Rasch war er angekleidet, den Zug wenigstens heute Morgen nicht zu versäumen und gezwungen zu sein, noch länger in diesem schrecklichen Neste liegen zu bleiben. Den Morgenzug hatte er aber schon versäumt, denn er kam um fünf Uhr dreißig vorüber, der nächste Personenzug dagegen erst Mittag um zwei Uhr, und so lange Zeit blieb ihm jetzt, sich von den Strapazen der letzten Nacht auszuruhen. Der Aufenthalt in dem mit Menschen vollgedrängten Gasthofe, die heute in noch weit größeren Massen angeströmt kamen als gestern, war übrigens so unangenehm, dass er beschloss, die ihm noch übrige Zeit lieber zu einem Spaziergang zu verwenden. In seinem Zimmer lag noch der entsetzliche Doktor, und mit dem wollte er unter keiner Bedingung weiter etwas zu tun haben.

Die Umgegend von Lichtenfels hatte mit den zwei Gulden, die er Strafe bezahlt, indessen noch zu viel der trüben Erinnerungen für ihn, und er beschloss deshalb, das Tal hinunter und nach der nächsten kaum drei viertel Stunden entfernten Eisenbahnstation zu marschieren, dort ein Glas Bier zu trinken und dann wieder, sich völlig Zeit nehmend, langsam zurückzugehen. Sein Gepäck ließ er indes vor allen Dingen an den Bahnhof stellen, wo er es der Aufsicht des Gendarmen empfahl, nahm dann seinen Regenschirm, richtete seine Uhr nach der Bahnhofsuhr in Lichtenfels, schrieb sich die genaue Abfahrt des erwarteten Zugs in sein Taschenbuch (fest entschlossen, eine volle Stunde vorher an Ort und Stelle zu sein) und wanderte langsam am Hange des Berges hinab, das reizende Maintal hinunter.

Das Wetter war wundervoll, und nur die Straße etwas heiß und staubig. Der Kommerzienrat dachte aber gar nicht daran sie zu verlassen; er wollte sich nicht wieder pfänden lassen, und erreichte eben, den breiten sonnenheißen Weg langsam entlangschlendernd, die kleine Eisenbahnrestauration in Staffelstein, als eine Extrapost mit zwei jungen elegant gekleideten Leuten anhielt und die Reisenden ausstiegen. Der Kommerzienrat betrat hinter ihnen das Gastzimmer und hörte nur noch, dass die Eisenbahnleute ihre Witze über die Post machten, die, wie der Postillion erzählte, von Bamberg kam.

»Die haben es auch nicht erwarten können, bis der Zug ankam«, lachte der eine, »oder fürchten sich am Ende gar vor dem Puffen –«

»Na Gott sei Dank, in so einem alten Klapperkasten vier Stunden zu sitzen«, sagte der andere, »wo sie es heute Mittag in drei viertel hätten abmachen können. 's gibt doch überall verrückte Kerle.«

Der Kommerzienrat, der des warmen Wetters wegen ein ganz unscheinbar graues Sommerröckchen, selbst ohne den Orden, trug, das er zufällig in seinem Reisesack gehabt, glich mit seinem baumwollenen Regenschirm (er hatte sich in den Kopf gesetzt, dass seidene Regenschirme nicht gesund wären), wie der grauen Schirmmütze eher einem gemütlichen Kaufmann aus irgendeinem kleinen Städtchen, als einem königlichen Kommerzienrat. Sein bescheidenes höfliches Wesen trug noch mehr dazu bei, Fremde in diesem Glauben zu bestärken, und die beiden Reisenden, die nach leisem Flüstern zusammen ihn eine Weile aufmerksam betrachtet hatten, schienen sich auch in der Tat über ihn zu unterhalten.

Wie aber der Mann, welcher Hafer gestohlen hatte, später, sobald er zwei Menschen heimlich miteinander flüstern sah, immer einen Dritten an sie abschickte zu horchen, ob sie nicht von Hafer sprächen, so war es dem Kommerzienrat mit der ihm von dem Gendarmen untergeschobenen Nichte zumute. Er hatte ein böses Gewissen und dachte auch schon daran, sein Bier rasch auszutrinken und die beiden Fremden sich selber zu überlassen, als der eine Reisende auf ihn zukam und freundlich zu ihm sagte:

»Dürfte ich wohl fragen, ob Sie hier in der Gegend ansässig und bekannt sind?«

»Nicht besonders – Guten Morgen, meine Herren«, sagte der Kommerzienrat, etwas verlegen seine Mütze ziehend, »ich bin selber erst kurze Zeit hier und komme von Lichtenfels herunter.«

»Von Lichtenfels, so?«, fragte der andere rasch. »Dorthin wollen wir gerade, also dort sind sie bekannt?«

»Nur sehr wenig.«

»Waren Sie gestern dort?«

»Gestern – ja allerdings«, erwiderte Herr Mahlhuber, und ein eigenes dumpfes Gefühl nahender Gefahr beschlich ihn, wenn er sich auch selber noch keinen richtigen Grund dafür anzugeben wusste. »Gestern war ich dort.«

»Und unten am Bahnhofe, wie der Morgenzug von Hof kam?«

»Ja – zufällig«, sagte Herr Mahlhuber, die beiden Männer, einen nach dem andern erstaunt und doch auch wieder scheu betrachtend.

»Ist da nicht«, machte plötzlich der Ältere der Brüder seinen letzten Zweifeln ein rasches Ende, »eine junge, sehr hübsche und elegant aber einfach gekleidete Dame mit einem alten hässlichen, etwas krumm gehenden Herrn ausgestiegen, der sich für den Regierungsrat Redmeier, in Lichtenfels aber für einen Kommerzienrat Mahlhuber ausgegeben hat? Wie ich übrigens aus ziemlich guter Quelle weiß, ist er keins von beidem, sondern ein Schwindler, der auf unbegreifliche Weise das junge Mädchen betört haben muss, und sich jetzt sogar für ihren Onkel ausgibt, weniger Verdacht zu erregen. Die beiden Personen müssen Ihnen aufgefallen sein, und Sie werden uns einen großen Gefallen erweisen, wenn Sie uns auf die richtige Spur bringen wollten.«

Die Bombe war geplatzt. Das mussten jedenfalls die beiden Brüder der jungen Dame sein, und was für derbe, handfeste, wild aussehende Bursche waren es! Wie eilig hatten sie es dabei; nicht einmal Zeit auf den Mittagszug zu warten, Gott bewahre, müssen Extrapost nehmen, nur um eine Stunde früher an Ort und Stelle zu sein. Maria und Joseph! Das hatte noch gefehlt, und für seine Gutmütigkeit konnte ihm da eine schöne Suppe eingebrockt werden. Und wie grob – hässlicher, krumm gehender Herr – aber Gott sei Dank, das war jedenfalls eine maliziöse Verdächtigung des Telegrafen, die ihm jetzt vortrefflich zustatten kam und die er für sich benutzen konnte.

»Nun, erinnern Sie sich nicht?«, fragte der Erste wieder. »Die Dame trug, wenn ich nicht irre, ein seidenes ungebleichtes Kleid und einen Strohhut.«

»Ja, ganz recht«, sagte der Kommerzienrat, dem keine weitere Zeit gegeben wurde, sich die Sache zu überlegen, »ich glaube ich erinnere mich an ein solches Paar – ein junges, sehr hübsches Mädchen und ein alter würdiger Herr –«

»Würdiger Esel!«, rief der Zweite wütend aus. »Der alte Halunke sollte an sein Grab denken, anstatt solche Streiche in seinen Jahren zu machen; aber die Familie ist jetzt entehrt, und will das Mädchen denn einmal so wahnsinnig sein, gut, dann mag sie ihn meinetwegen nehmen, aber in unserer Gegenwart muss die Hochzeit sein, und in Stücke reiß ich den Schuft, wenn er nur mit dem Zucken einer Wimper dagegen ansträubt.«

»Aber, meine Herren«, warf der Kommerzienrat jetzt verlegen ein, »wissen Sie denn auch, dass der ältliche Herr mit der jungen Dame wirklich durchgegangen ist? – Können nicht am Ende Umstände – ein eigentümliches Zusammentreffen –«

»Hallo!«, rief der eine von ihnen plötzlich, indem er den Kommerzienrat mit weit aufgerissenen Augen ansah. »Heißen Sie am Ende Mahlhuber?«

»Ich? – Nein!«, rief der Kommerzienrat, ehe er noch wusste, was er gesagt hatte, und nur im Instinkt der Selbsterhaltung Namen, Titel, Orden, kurz alles verleugnend. »Hehehe! Sehe ich aus – sehe ich aus wie ein Kommerzienrat?«

»Nein«, lachte der andere über die naive Frage, »das tun Sie allerdings nicht, und mein Bruder machte nur Spaß, aber solch ein sonderbares Zusammentreffen von Umständen, wie Sie es nennen, kann auch nicht stattgefunden haben, denn ein alter Herr, wahrscheinlich derselbe, ist vor einiger Zeit mit ihr mehrmals gesehen worden. Pest und Gift über den Burschen, mir tritt die Galle ins Blut, wenn ich nur an ihn denke, und Gnade ihm Gott, wenn er mir unter die Hände kommt. Erst will ich mein Mütchen an ihm kühlen, nachher mag er sich entschuldigen. Und was ist aus den beiden geworden? In Lichtenfels muss man das doch erfahren können.«

»Allerdings«, erwiderte ihm der Kommerzienrat, dem der kalte Angstschweiß auf die Stirn trat, »wenn Sie – wenn Sie nur gleich auf dem Bahnhofe den Packmeister oder in der ›Krone‹ den Wirt fragen wollten, in der ›Krone‹, glaub ich, haben sie logiert.« Er wusste gar nicht mehr was er sprach.

Der Jüngste der beiden stampfte den Fuß auf den Boden, dass die Gläser auf dem Tische zusammenklirrten.

»Haben Sie logiert?«, fragte der Ältere aufmerksam werdend.

»Ja –«, sagte der Kommerzienrat und fühlte dabei, wie er durch seine Lüge in ein ganzes Netz von Verwicklungen immer weiter hineingeriet, in dem er rettungslos hängen blieb, wenn er nicht rasch Anstalt machte, das Ganze mit einem Schlage zu zerhauen. Zeit zum Überlegen blieb ihm aber gar nicht, und nur in einer Art Instinkt stammelte er: »Ja, haben sie logiert, aber – die – die Dame ist fort!«

»Wohin?«, riefen beide zu gleicher Zeit.

Der Kommerzienrat Mahlhuber hatte in seinem ganzen Leben noch nicht so rasch gedacht wie in diesem Augenblick. Sobald die beiden entsetzlichen Menschen nach Lichtenfels kamen, wo ihn fast jedes Kind am Bahnhofe kannte, und der Gendarm sich für seinen speziellen Freund hielt, war er verloren. Dort erkundigten sie sich natürlich zuerst – dem Polizeibeamten gegenüber hatte er das Mädchen für seine Nichte ausgegeben, wenigstens stillschweigend geduldet, dass sie ihn Onkel nannte, und sein sämtliches Gepäck stand dort aufgeschichtet; er konnte ihnen gar nicht entgehen. Dorthin durften sie also nicht, und nur einen einzigen Ableiter gab es jetzt für ihn, wenigstens ein paar Stunden Zeit zu gewinnen.

Blitzschnell schossen ihm die Gedanken durch den Kopf, und in der Verzweiflung, im Trieb der Selbsterhaltung das letzte Mittel ergreifend, rief er rasch und entschlossen aus:

»Nach Coburg – die beiden Leute sind etwa vor einer Stunde – vielleicht kaum solange und in demselben Augenblick, als ich hierherging, in einem verdeckten Wagen nach Coburg gefahren. Ich weiß, dass sie sich noch bei dem Packmeister nach dem besten Wirtshause erkundigten und von diesem, wenn ich nicht irre, in den ›Bären‹ gewiesen wurden.«

Der Kommerzienrat log wie ein Leichenstein.

»Und das wissen Sie gewiss?«, rief der Jüngere der beiden.

»Das weiß ich gewiss – sie wollten in Coburg Mittag machen und dann nach Sonneberg fahren.«

»In der dortigen Gegend muss der alte Schuft auch zu Hause sein«, rief der Ältere rasch, »und er war dabei.«

Der Kommerzienrat biss sich auf die Lippen, schien aber fest entschlossen, in diesem Augenblick nichts übelzunehmen, und sagte:

»Den ältlichen Herrn habe ich nicht selber gesehen, aber ein Koffer war hinten aufgeschnallt.«

»Dann haben wir sie!«, rief der Jüngere jubelnd, und in die Tür springend schrie er dem Postillion zu, sich rasch bereitzuhalten und sie augenblicklich nach Coburg zu fahren.

»Nach Coburg?«, rief dieser erstaunt. »Über Lichtenfels?«

Dem Kommerzienrat stockte das Blut, der Ältere machte seiner Angst aber ein schnelles Ende.

»Gott bewahre!«, rief er. »Wir schneiden über Banz ein ganz Stück Weg ab und können in zwei Stunden in Coburg sein. Komm Heinrich, trink dein Bier aus, wir haben keinen Augenblick mehr zu verlieren – apropos, wie ist Ihr Name, mein Herr?«

»Mein Name?«, rief der Kommerzienrat, an den diese Frage gerichtet war, bestürzt. »Müller – Kaufmann Müller.«

»So nehmen Sie unsern herzlichsten Dank – Sie haben uns einen sehr großen Dienst erwiesen. Alles in Ordnung, Postillion?«

»Alles«, sagte dieser, sein Glas auf einen Zug leerend und einem Mittelding zwischen Kellner und Packknecht zurückreichend.

»Also nach Coburg!«, rief der Jüngere, seinem Bruder voran in den Wagen springend, und einige Sekunden später rasselte dieser auf der nach Banz führenden Straße unter dem lustigen Hörnerklang des Postillions dahin. Der Kommerzienrat aber blieb wie in den Boden gewurzelt zurück und starrte dem Wagen nach, soweit er ihn mit den Blicken verfolgen konnte.

»Befehlen Sie noch ein Glas Bier, Herr Müller?«

Mahlhuber sah sich ganz verblüfft um, als ihm einfiel, dass er ja selber den Namen angegeben, und er wurde dunkelrot im Gesicht. Rasch dankend drehte er sich von dem Kellner ab, zahlte für das Getrunkene und schritt dann selber, aber nicht mehr in so gemütlichem Schritte, als er hierhergekommen, nach Lichtenfels zurück.

13. Die Flucht

Um zwei Uhr kam der Zug, bis dahin hatte er fast noch drei Stunden Zeit, und jetzt erst fiel ihm die ganze Größe der Gefahr ein, der er sich eigentlich mutwillig ausgesetzt. Mutwillig gewiss, denn was hätte ihm denn geschehen können, wenn er den jungen Leuten erklärte, er sei der Mahlhuber und so und so die Sache? War er nicht vollkommen unschuldig, und würden hundert andere ältliche Herren an seiner Stelle nicht Ebendasselbe getan und einem jungen hübschen Mädchen, das sie darum ansprach, aus der Verlegenheit geholfen haben? Aber wenn ihn nun die Hitzköpfe nicht gehört, ihm nicht geglaubt hätten, wer konnte ihn denn in der Geschwindigkeit vor ihren Misshandlungen schützen? – Die Polizei? – Ja, mit der Polizei ist das eine eigene Sache;

für den Beteiligten kommt sie in solchen Fällen immer ein kleinwenig zu spät, und straft allerdings nachher, wenn sie den Übeltäter wirklich erreicht, bekümmert sich aber sonst meist nur sehr wenig um den Beteiligten selber, der in ihren Augen nur als Corpus Delicti einen Wert hat. Wegen des gegebenen und übertretenen Gesetzes wird bestraft, nicht wegen des Schadens, den der passive Teil gelitten hat, der kann gehen, wohin es ihm beliebt. Und durfte er sich überhaupt groß auf die Polizei berufen? Hatte er nicht sogar – er als königlicher Kommerzienrat, mit dem Ludwigskreuz im Knopfloch – dem Gendarmen, dem offiziellen Diener des Gerichts gegenüber eine wissentliche Unwahrheit unterstützt und behauptet, wo er in seiner Stellung dreifach verpflichtet gewesen wäre, das Gesetz eher zu unterstützen als zu hintergehen?

Er seufzte tief auf, und der schöne Spaziergang, von dem er sich einige Erholung für seine misshandelte Leber versprach, war ihm solcherart bös und bitter vergällt worden. – Und wenn die beiden unseligen, in den April geschickten Burschen die Schwester nicht in Coburg fanden und auf den unglücklichen Gedanken kämen, augenblicklich wieder nach Lichtenfels umzukehren? – Die Pferde liefen wie der helle Teufel, und für ein gutes Trinkgeld jagt so ein leichtsinniger Bursche von Postillion die besten Tiere aus seinem Stalle tot. Das wäre eine schöne Geschichte geworden, wenn ihn die beiden Männer jetzt noch, gerade vor der Abfahrt, erwischt hätten.

Der arme geplagte Kommerzienrat lief mehr als er ging, den heißen Sonnenstrahlen zum Trotz, gen Lichtenfels, als ob er durch seine eigene Eile die Abfahrt des Bahnzugs hätte beschleunigen können. Der Schweiß rann dabei in großen Tropfen von der Stirn nieder, und die Leber musste – dem Gefühl in der Magengegend nach – durch den übereilten Spaziergang wenigstens wieder um einen halben Zoll gewachsen sein; wie sollte das enden!

Atemlos und zum Tode erschöpft erreichte er endlich Lichtenfels und verlebte hier noch anderthalb qualvolle Stunden, ehe von Staffelstein das Zeichen heraufkam, dass der so heißersehnte Zug nahe. Sein Billett hatte er indessen durch einen der Packleute lösen und sein Gepäck bis Burgkunstadt aufgeben lassen, dadurch war er doch vielleicht imstande, die Verfolger irrezuführen, besonders wenn er in Burgkunstadt einen falschen Namen auf der Post angab. Heiliger Gott! Wie viel Lügen hatte schon die einzige Unwahrheit nachgezogen, und in was für ein entsetzliches Gewebe von Falschheiten war er, der schlichte einfache Mann aus der Provinzialstadt, durch seinen bösen Stern gejagt, hineingeraten! Musste er nicht zuletzt die Achtung vor sich selbst verlieren; nicht erröten, wenn er das mit solcher Seligkeit erhaltene Ludwigskreuz wieder an seinen Rock knöpfte! Es war zum Verzweifeln!

Sein Blick streifte indessen unruhig von dem Bahngleis, das von Staffelstein heraufführte, nach der Lichtenfelser Chaussee hinüber, deren weißer Streifen scharf gegen den dunklen Hintergrund des Waldes abstach – und dort kam ein Wagen herunter, die Pferde liefen, was sie laufen konnten, und in dem Wagen – wenn die beiden Menschen darin saßen, war er verloren.

»Gehen Sie da vom Gleis herunter, mein bester Herr Kommerzienrat«, sagte der Gendarm, ihm freundlich auf die Achsel klopfend, und sein Herz schlug ihm fast hörbar in der Brust, als er die Uniform erkannte, »da hinten können Sie schon den Dampf vom herankommenden Zuge erkennen.«

»Ich – ich bin Ihnen sehr dankbar«, stammelte der Kommerzienrat, »nicht wahr, der Zug hält sich nur sehr kurze Zeit auf?«

»Fünf Minuten etwa –«

Fünf Minuten – der Wagen musste indessen Lichtenfels erreicht haben.

»Das Gepäck von Ihrem Fräulein Nichte ist wohl auch schon besorgt?«, sagte der Gendarm wieder.

»Von meiner Nichte?«, stöhnte der Gepeinigte.

»Ach, wird wohl alles in Ordnung sein«, beruhigte ihn der Schrecken der Vagabunden, »ich sah, wie sie es vorhin dem Packmeister übergab.«

Der Kommerzienrat wäre vor Schrecken beinahe in die Knie gesunken und durfte jetzt nicht einmal, dem Manne gegenüber, das geringste Erstaunen über die Nachricht bezeigen. Seine Nichte, das unglückselige Frauenzimmer, war wieder hier, fuhr mit ihm wahrscheinlich wieder in einem Zuge und musste ja jeden Unbefangenen selbst in dem Verdacht bestärken, dass sie beide nach einem gemeinschaftlichen Plane handelten. Und dazu der Wagen; das hatte noch gefehlt. Ein möglicher Ausweg zur Rettung blieb ihm aber noch; Zeit genug sein Billett umzutauschen hatte er, und in den Wagen erster Klasse saßen gewöhnlich, wie er schon früher bemerkt hatte, immer nur sehr wenig Personen. Dort konnte er sich dann in eine Ecke drücken und, von niemand gesehen, bis zu seiner Station sitzen bleiben. Den Entschluss auch sofort zur Ausführung bringend, zahlte er was er noch auf ein Billett erster Klasse zu zahlen hatte, und traf eben wieder zur rechten Zeit vor dem Bahnhofgebäude ein, den Zug heranbrausen und halten zu sehen, während zu gleicher Zeit hinter der Restauration das schmetternde Horn eines Postillions erklang.

Vor den Augen flirrte und flimmerte es ihm; ohne aber den Kopf auch nur nach irgendjemand noch umzudrehen, zog er seinen Mantel fest um sich her, griff Reisesack, Schirm und Stock auf und wandte sich an den ersten Kondukteur, der vom Wagen sprang, seinen Platz erster Klasse angewiesen zu bekommen.

»Bis wohin?«

»Burgkunstadt.«

»Steigen Sie nur hier ein«, rief der Mann sehr artig, »hier ist Platz genug.«

»Empfehle mich Ihnen, Herr Kommerzienrat«, sagte der Gendarm, und im nächsten Augenblick saß der gequälte Mahlhuber, Todesangst im Herzen, fest in einer Ecke des vollkommen leeren Coupés gedrückt und zählte unter Zittern und Zagen die Sekunden bis zur Abfahrt.

Draußen vor dem Coupé wurden jetzt Stimmen laut.

»Machen Sie rasch, meine Herrschaften«, drängte der Kondukteur, »die Zeit ist schon abgelaufen und wir sind überdies sieben Minuten zu spät.«

»Hier in dem Coupé sitzen der Herr Kommerzienrat«, sagte zugleich die zuvorkommende Stimme des Gendarmen – und Mahlhubers Blut stockte – sein Puls hörte auf zu schlagen –

Die Tür wurde in diesem Augenblick aufgerissen und ein junger Mann sah hinein; ein scharfer Pfiff der Lokomotive ließ ihm aber keine Wahl weiter, und er sprang rasch die eisernen Tritte hinauf, drehte sich in der Tür um, um einen Reisesack in Empfang zu nehmen, und half dann einer Dame nach. Die Tür wurde zugeworfen. »Ihre Billetts, meine Herrschaften«, sagte der Kondukteur, und der Zug setzte sich langsam in Bewegung.

14. Wieder unterwegs

Als der Kommerzienrat den Damenhut sah, atmete er freier auf – er war gerettet – der Zug im Gange und an eine Verfolgung der beiden wütenden jungen Leute für jetzt nicht mehr zu denken. Das Einzige blieb ihm noch zu tun, sich in Burgkunstadt mit so wenig Aufsehen als möglich vom Bahnhofe zu entfernen, spätere Verfolgung vielleicht irrezuleiten, und da er dort gar nicht bekannt war, musste es ihm auch leicht sein, einen falschen Namen für den seinigen in das Register eintragen zu lassen. Nach einem Pass fragte ihn auf der ganzen Strecke niemand.

Die beiden jungen Leute, die mit ihm in einem Coupé saßen, hatten indessen rasch und heimlich miteinander geflüstert und die Dame besonders mehrmals den Kopf nach ihm umgedreht. Der Kommerzienrat war aber, nach den letzten bittern Erfahrungen, fest entschlossen, sich mit niemandem mehr hier draußen, wer es auch immer sei, in ein Gespräch einzulassen, man konnte nie wissen, was dahintersteckte, und mit Frauen besonders hatte er gerade genug in den paar Tagen erlebt.

»Wenn ich mich nicht ganz irre«, redete da plötzlich die junge Dame den trotz der warmen Witterung in seinen Mantel zurückgezogenen Kommerzienrat an, »so habe ich schon gestern das Vergnügen gehabt, mit Ihnen in einem Coupé zu fahren, mein Herr, und bin Ihnen zu so großem Danke verpflichtet worden.«

»Mir?«, sagte der Kommerzienrat und sah seine Nachbarin groß und erschrocken an. »Mir zu Dank verpflichtet – bei allem was da lebt!«, – fuhr aber plötzlich von seinem Sitze empor: »Da ist meine Nichte!«

»Mein bester Herr, ich kann Ihnen gar nicht sagen, welch großen Dienst Sie uns gestern durch Ihre freundliche Onkelschaft geleistet haben«, nahm jetzt der junge Mann für die tieferrötete Dame das Wort, »meine arme Marie, die sich einer verhassten Verbindung, zu der sie ihr Stiefvater zwingen wollte, aus Liebe zu mir durch die Flucht entzog, wäre, ehe ich von ihrer Ankunft benachrichtigt sein konnte, fast verraten und dann jedenfalls wieder zurückgeliefert worden. Das ist jetzt nicht mehr zu fürchten, und wir sind eben auf dem Wege, uns ihrem

Vater selber vorzustellen, der sich wohl oder übel über das einmal Geschehene wird trösten müssen.«

»Na ich gratuliere Ihnen«, sagte der Kommerzienrat mit sehr zweideutigem Tone. »Wenn Sie übrigens den beiden jungen Burschen, den Brüdern der Dame, wenn ich nicht irre, die ich heute von Staffelstein aus nach Coburg geschickt habe, um sie nur loszuwerden, in die Hände fallen, so will ich auch meinem Gott danken, wenn ich nicht in der Nähe bin.«

»Meine Brüder nach Coburg geschickt?«, rief die junge Dame, hochaufhorchend, und der Kommerzienrat musste jetzt erzählen, wie das gekommen und welche Angst er selber dabei als Mitschuldiger ausgestanden. Die beiden jungen Leute hörten ihm im Anfange ganz ernsthaft zu; über das liebe rosige Gesicht der jungen Frau blitzte und zuckte es aber indessen wie zitterndes Sonnenlicht auf einem leichtbewegten Bache, ihre großen braunen Augen funkelten in einem kaum noch zu bezwingenden Humor, und als der Kommerzienrat endlich zu der Stelle kam, wo ihn die Brüder gefragt, ob er vielleicht der ältliche Herr selber sei, konnte sie sich nicht länger halten und lachte geradeheraus. Dass das so klar und silberhell klang und das kleine Gesichtchen gar so lieb und gutmütig, ja mitleidig und teilnehmend dabei aussah, konnte den Kommerzienrat nicht beruhigen, und seinen ganzen Ingrimm über erlittene Unbill und schmähliche Behandlung zusammenraffend, sagte er mit seinem zornigsten Ausdruck in Wort und Blick, aber doch mit seiner nie zu verleugnenden Höflichkeit:

»Mein sehr verehrtes Fräulein, Sie haben jetzt sehr gut lachen, wenn aber Ihre Leber –«

»Mein lieber bester Herr«, unterbrach ihn bittend und schmeichelnd die junge Dame, »seien Sie recht bös auf mich, ich hab es nur zu reichlich meiner Undankbarkeit wegen verdient, aber verzeihen Sie mir dann auch, und seien Sie versichert, dass ich wie Oskar nie im Leben die Verbindlichkeit vergessen werden, die wir Ihnen schulden.«

»Bitte, bitte«, sagte der Kommerzienrat abwehrend und durch die herzlichen Worte schon vollkommen beruhigt, »aber – Sie erlauben mir die Frage, wie können Sie es jetzt wagen, nach dem gestern Vorgefallenen heute schon nach Hause zurückzukehren? Ihr Herr Vater wird unter so bewandten Umständen unter keiner Bedingung in eine Verbindung mit dem jungen Herrn da einwilligen.«

»Wir sind verbunden«, sagte dieser freundlich, während das junge Weibchen tief errötete, »und alle Väter der Welt werden diese Verbindung nicht wieder lösen können.«

»In der Geschwindigkeit?«, rief der Kommerzienrat erstaunt aus.

»Meiner Frau Onkel, und zwar der Bruder ihres Vaters, der stets gegen die Verbindung mit jenem faden Menschen gewesen, ist selber Geistlicher und hat uns, da er unsere Liebe kannte, gestern Abend miteinander, nach den Gesetzen unserer Kirche, wenn auch ohne die nötigen Aufgebote getraut.«

»Nun, das freut mich in der Tat«, sagte der Kommerzienrat, dem sich damit, auch der Brüder wegen, ein Stein von der Seele wälzte, »das ist alles recht hübsch und gut, aber ich möchte doch die letzten 24 Stunden, die ich deshalb ausgestanden, nicht wieder mit durchmachen – und wenn ich sechs Heiraten stiften könnte.«

»O das tut mir ja recht leid«, sagte die kleine junge Frau erschreckt, die Hände faltend und mit einem so mitleidigen Blicke zu dem alten Herrn aufsehend, dass diesem ganz weh und weich ums Herz wurde.

»O bitte, bekümmern Sie sich deshalb nicht«, sagte der Kommerzienrat, »es war recht gern geschehen –«

»Wenn ich je imstande sein sollte, Ihre Freundlichkeit wenigstens in etwas wiedergutzumachen«, rief auch jetzt der junge Mann, »so verfügen Sie ganz über mich, hier ist meine Karte, dürfte ich nun auch wohl um Ihren Namen bitten?«

»Um meinen Namen?«, sagte der Kommerzienrat rasch und misstrauisch zu ihm aufsehend. »Nein, bitte um Verzeihung, Sie sind sehr freundlich, aber mein Name hat mich in den letzten Tagen so geniert und in Verwicklungen gebracht, dass ich ihn, wenn das möglicherweise anging, ganz abschaffen würde, wie aber die Sachen stehen, so zurückhaltend von jetzt an damit sein werde, als es eben möglich ist.«

»Aber ich bitte Sie um Gottes willen –«

»Nennen Sie mich in Gedanken Müller«, sagte der Kommerzienrat, »ich habe mich heute schon einmal so geheißen, und der Name war mir recht nützlich.«

»Ich kann Ihnen gar nicht sagen, wie leid es mir tut, dass Sie um Mariens wegen so viel Unannehmlichkeiten gehabt zu haben scheinen, aber das mag Ihnen doch einige Beruhigung gewähren, zwei Glückliche dadurch gemacht zu haben.«

»Wenn ich damit meine Leber nur wieder kleiner machen könnte«, sagte der Kommerzienrat; »doch ich glaube, wir kommen an die Station, der Zug pfeift; nun ich wünsche Ihnen eine recht glückliche Reise und recht guten Empfang zu Hause –«

»Wir danken Ihnen recht herzlich.«

»Ist mir aber sehr angenehm, dass ich nicht mit muss«, setzte der Kommerzienrat hinzu.

»Und Sie wollen uns Ihre Adresse wirklich nicht sagen?«, fragte Marie.

»Den Namen werden Sie jedenfalls, wie mir jetzt einfällt, durch Ihre Herren Brüder erfahren, die ihn leider sehr genau kennen«, seufzte der Kommerzienrat, »meine Adresse erlauben Sie mir aber zu verschweigen. Ich will froh sein, wenn ich in – wenn zu Hause bei mir niemand von meinen Abenteuern hört. Würden Sie mich bis dorthin verfolgen, wäre ich in 14 Tagen tot.«

»Station Burgkunstadt – drei Minuten Aufenthalt«, sagte in diesem Augenblick der Kondukteur, die Tür öffnend. »Sie steigen ja wohl hier aus, mein Herr?«

»Jawohl – können Sie mir nicht sagen, wann die Post abgeht?«, rief der Kommerzienrat, seine Habseligkeiten aufgreifend.

»Wird wohl gleich abfahren«, lautete die willkommene Nachricht, »hier steht schon der Postwagen.«

»Ach, ich danke Ihnen sehr; also ich empfehle mich Ihnen nochmals.«

»Recht glückliche Reise!«, riefen die beiden jungen Gatten ihrem gepressten Onkel nach, und der Kommerzienrat sah sich im nächsten Augenblick wieder mit einem Gefühl großer Genugtuung neben dem Postwagen stehen, der ihn zurück zu seiner Dorothee, zu seiner häuslichen Bequemlichkeit, zu Ruhe und Frieden bringen sollte. Sich um den Zug auch nicht im Mindesten weiter bekümmernd, gab er einem der mit Nummern versehenen, also vereideten Diener seinen Gepäckschein mit dem Auftrag, seine Koffer in das dicht dabei befindliche Postgebäude zu tragen und wiegen zu lassen, und er selber begab sich ebenfalls rasch dorthin, sein Fahrbillett direkt nach Gidelsbach zu lösen. Die beiden Brüder brauchte er, der empfangenen Nachricht nach, Gott sei Dank nicht mehr zu fürchten, und er dachte gar nicht daran, noch in einem dritten Wirtshause die entsetzlichen Szenen der beiden letzten Nächte zu wiederholen – er hatte von denen genug.

Sein Billett war gelöst, sein Gepäck besorgt und schon zum Eilwagen geschafft, der dicht an das Postcoupé des Zuges anfuhr, die dort für das Binnenland bestimmten Briefe und Pakete in Empfang zu nehmen.

Der wurde heute übrigens etwas länger als gewöhnlich in Burgkunstadt aufgehalten, da mehrere Güterkarren hier gelassen, andere wieder angehängt werden mussten, und die Post war dadurch zur Abfahrt fast ebenso früh fertig als der Zug. Der Kommerzienrat stand eben vor der geöffneten Tür, in die er schon Reisesack und Schirm hineingeschoben, während eine Dame mit ein paar Hutschachteln in der Hand ebenfalls zu ihm trat, als plötzlich eine tiefe Stimme aus einem der geöffneten Fenster des Coupés zweiter Klasse herausschrie:

»Herr Kommerzienrat Mahlhuber! Herr Kommerzienrat Mahlhuber!«

Der Gerufene drehte sich, wie von einer Natter gestochen, nach der Stimme um und erkannte zu seinem Entsetzen den schweigsamen Mann aus der Post von Gidelsbach, der, ihm freundlich und ganz zutraulich winkend, mit dem halben Leibe aus dem Coupéfenster lehnte.

»Nun, wie geht's?«, rief er dabei mit einem breiten Grinsen über das ganze Gesicht und mit der Hand herübergrüßend. »Schon zurück nach Gidelsbach? – Haben doch Ihre Pistolen wieder geladen? – Wünsche Ihnen recht glückliche Reise!«

Der Kommerzienrat drehte sich halb nach dem frechen Menschen um und warf ihm einen verächtlichen Blick zu, als in demselben Augenblick die Lokomotive einen scharfen grellen Pfiff tat. Herr Mahlhuber aber, von seiner bisherigen Eisenbahnfahrt immer noch in der steten Angst zurückgelassen zu werden, vergaß ganz, dass er gar nicht mehr zu dem Zuge gehöre und wollte in rücksichtsloser Hast in den vor ihm geöffneten Postwagen fahren.

»Nun, Herr Jesus, um Gottes willen, was haben Sie denn nur? Sie rennen einen ja ganz über den Haufen!«, rief die Dame, gegen die er in seiner Angst angeprallt war.

»Bitte tausend Mal um Entschuldigung!«, rief der Kommerzienrat, während von dem sich jetzt in Bewegung setzenden Bahnzug ein höhnisches Lachen zu ihm herübertönte. »Die Lokomotive pfiff –«

»Na die Post geht Ihnen deshalb doch nicht durch, lieber Mann«, erwiderte die Dame, sich mit einigen leise gemurmelten, eben nicht freundlichen Worten ihren Hut wieder in Façon drückend, »ist mir so etwas schon in meinem Leben vorgekommen?«

Zerknirscht, doch ohne ein Wort weiter zu erwidern, nahm der arme abgehetzte, misshandelte Kommerzienrat nach der Dame in der gegenüber befindlichen Ecke Platz; jetzt aber fest entschlossen, was auch geschehen möge, dem boshaften Geschick keinen weitern Halt an sich zu geben. Schweigend legte er sich zurück, zog sich die Mütze tief in die Stirn und schloss die Augen. Er sprach nicht, er hörte nichts, was zu ihm gesprochen wurde, er beklagte sich nicht über Zug noch Hitze, kümmerte sich weder um die schöne Gegend noch um die alte Nachbarin, und trug mit einer wirklich rührenden Resignation die neuen Leiden der nächtlichen Postfahrt, die seinem matten Körper kaum eine flüchtige Stunde Schlaf gestattete.

In Otzleben besonders rührte er sich nicht von seinem Platze, und nur einen verstohlenen Blick warf er aus dem heraufgezogenen Fenster, sich bei dem Anblick des alten Postgebäudes die Szenen der vorvorigen Nacht noch einmal ins Gedächtnis zurückzurufen und seinem Gott zu danken, dass sie eben einer vergangenen Nacht angehörten.

Es war Abend – die Mamsell stand in der Haustür, die Arme mit den aufgestreiften Ärmeln in die Seite gestemmt, das große Schlüsselbund vorn an der Schürze, und nebenan aus dem Stalle führte der halbe Hausknecht die frischen Pferde herzu, mürrisch dabei mit den Schlepppantoffeln über das Hofpflaster schlurrend. Welch stilles Bild des Friedens – und dort hinten? –

»Satanskröte«, murmelte der Kommerzienrat zwischen den Zähnen durch, als er den kleinen siebzehnmal hinausgeworfenen Pudel gerade wieder, wie er ihn verlassen hatte, in der Tür sitzen und sich kratzen sah, »weiter fehlte mir nichts, als heute Nacht noch ein solches Quartier im grünen Zimmer.«

Die Dame, der einzige Mitpassagier im Wagen, die den Kommerzienrat schon mehrmals unterwegs angeredet und nach dem und jenem gefragt, aber nie eine Antwort bekommen hatte, schien endlich zu der Überzeugung gekommen zu sein, dass er entweder stocktaub wäre oder doch wenigstens sehr schwer höre. Das herauszubekommen, denn das schweigsame Imwagensitzen war ihr entsetzlich – bog sie sich plötzlich soweit sie konnte zu dem Kommerzienrat über und schrie ihm ins Ohr:

»Wie heißt der Ort hier?«

»Herr du meine Güte«, sagte der Kommerzienrat zusammenfahrend, »haben Sie mich erschreckt.«

»Das hört er doch«, brummte die Dame befriedigt vor sich hin. – »Nun?«, schrie sie dann wieder. »Wissen Sie nicht wie der Platz heißt?«

»Otzleben, soweit ich mich entsinne«, sagte ihr Nachbar, also gepresst.

»Freundliches Dörfchen hier, wie?«, schrie die Dame wieder; aber Mahlhuber ging nicht in die Falle. Er dachte an die zerschossene Hutschachtel, an die Überschuhe, an die Nichte. – Das alles waren die Folgen eines leichtsinnig angeknüpften Gesprächs gewesen.

»Freundliches Dörfchen hier«, schrie seine Nachbarin noch einmal, sich doch wenigstens gehört zu machen; der Kommerzienrat aber warf noch einen Blick hinaus auf seine Freundin, die Mamsell mit den langen Locken und aufgestreiften Ärmeln, auf den komischen Hausknecht und den Pudel, zog dann den Mantel um sich her, drückte sich fest in seine Ecke und verweigerte hartnäckig selbst seine Zustimmung zu dem ganz unverfänglichen Lobe von Otzleben.

»Ist das ein tauber Esel«, brummte die Dame halblaut, aber vollkommen verständlich zwischen den Zähnen durch; »wird man auch noch mit so einem langweiligen Peter von Reisegesellschafter geplagt, du meine Güte!«, und ihren großen Reisekober neben sich zurechtrückend, stemmte sie die beiden Füße auf den gegenüber befindlichen Sitz, faltete die Hände im Schoße und schloss ebenfalls die Augen.

15. Die Heimkehr

Eine Station nach der andern passierten sie derart, ohne auch nur ein Wort weiter miteinander zu wechseln, aber auch ohne das mindeste Außergewöhnliche oder Störende in ihrer Fahrt. An Schlaf war natürlich für den des Fahrens ungewohnten Kommerzienrat nicht zu denken, und seine Leber musste seiner Meinung nach blaue Flecke bekommen haben, so stieß sie fortwährend, worauf er hätte schwören wollen, gegen Magen und Rippenwände an. Aber mit jeder Meile, die sie zurücklegten, kamen sie auch seiner Heimat, seiner Häuslichkeit, dem gemütlichen Schlafrockleben wieder näher; jeder Stoß des Wagens half ihm über einen Stein fort, der noch zwischen ihm und Gidelsbach lag, und er ertrug das Schwerste mit einem Lächeln im Herzen.

In der Nacht bekamen sie noch mehr Passagiere in den Wagen; ein dicker Herr mit einem entsetzlichen Schnupfen stieg etwa um Mitternacht ein, als sie in einem kleinen Städtchen mit fürchterlichem Pflaster und einem heiseren Nachtwächter umspannten, und gegen Morgen kam noch ein junger Bursch mit einer grünlackierten riesig großen Botanisiertrommel in den Wagen und erzählte den Passagieren, dass er zum ersten Male eine Fußreise gemacht habe und jetzt wieder zurück zu seinen Eltern gehe. Er hieß Karl Becker, wie er aussagte, war 14 Jahre alt, in der Schule in Tertia, und hatte bei der letzten Prüfung die beste Zensur bekommen. An dem Kommerzienrat prallte das aber alles ab, und die Dame begann dann mit dem dicken verschnupften Herrn eine Unterhaltung über Kinder und Butterpreise. Dieser wandte sich auch einmal im Laufe des Gesprächs an Mahlhuber. »Der ist stocktaub«, entschuldigte ihn aber die Dame, und man ließ ihn ungestört gewähren.

Dort lag Gidelsbach – die Biegung der Straße enthüllte es plötzlich ihren Blicken – jetzt fuhren sie über die Rossbrücke, jetzt am Chausseehause vorüber – da drüben lag der Sommergarten, weiter links nach vorn die Windmühle, und von dem leisen Luftzuge getragen, klangen die melodischen Schläge der alten Turmuhr, die die Mittagsstunde kündete, zu ihnen herüber.

Dem Kommerzienrat traten die Tränen in die Augen, es war ihm, als ob er zehn Jahre lang entfernt gewesen wäre, und den Bauern, die aus der Stadt kamen, den zurückkehrenden Holzfuhrleuten nickte er zu und freute sich wie ein Kind über das fröhliche Schmettern der Lerchen, über das Schnattern der Gänse und das Kläffen der Hunde, die neben dem Postwagen hersprangen.

Jetzt rasselten sie durch das steingewölbte alte Stadttor auf das Pflaster der Stadt, wo er jede Firma kannte, und wie er sich aus dem Wagen bog, die lieben befreundeten Plätze wieder zu begrüßen, war das erste bekannte Gesicht, das ihm begegnete, das des Doktor Mittelweile, der ihn anstarrte, als ob er einen Geist gesehen hätte.

»Kommerzienrat, sind Sie des Teufels?«, rief er in Schreck und Staunen, mitten auf der Straße stehen bleibend; der Kommerzienrat erwiderte aber kein Wort, nickte dem Manne nicht einmal zu, und die Post rasselte weiter, ihrem Bestimmungsort zu.

An dem Postgebäude angelangt und von den Postbedienten auf das Freundlichste begrüßt, stieg er aus, ohne sich auch nur mit Wort und Blick um die übrigen Passagiere zu bekümmern, gab einem der Leute den Auftrag, sein Gepäck augenblicklich in die eigene Wohnung zu schaffen, und schritt dann, so leicht als ob er flöge, die schmale Gasse entlang, die zu seiner Heimat führte.

Dorothee hatte heute natürlich gerade den Vetter zu Tische, und als der Kommerzienrat ohne anzuklopfen in sein Zimmer trat, schrie sie bloß: »Alle guten Geister loben Gott den Herrn!«, und ließ einen Teller mit Suppe fallen.

»Guten Tag, Dorothee!«, sagte der Kommerzienrat, ohne von dem Vetter weiter Notiz zu nehmen. »Ist mein Zimmer in Ordnung?«

»Jesus meine Zuversicht«, schrie die alte Haushälterin, die Frage nicht einmal hörend, »der Herr Kommerzienrat sind schon wieder da?«

»Ist mein Zimmer in Ordnung, Dorothee?«

»Jawohl, jawohl, bester Herr, aber was um Gottes willen ist denn vorgefallen?«

Der Kommerzienrat hatte sich schon abgewandt, um in sein Schlafzimmer zu treten, drehte sich aber in der Tür noch einmal um und sagte freundlich:

»Ich bin wieder da, Dorothee, und ich bleibe auch hier und gehe nicht wieder fort, und wenn der Mosje, der Doktor Mittelweile, kommt –«

In dem Augenblick klopfte es an die Tür, und ehe nur jemand »Herein« oder »Nicht herein« rufen konnte, ging diese auf und der Doktor selber stand auf der Schwelle.

»Aber nun sagen Sie mir um Gottes willen, Kommerzienrat –«

»Guten Morgen, Doktor«, erwiderte der Kommerzienrat, immer noch dabei seine Mütze auf, seinen Reisesack an der Hand und Rock und Regenschirm unter dem Arme.

»Was in aller Welt treibt Sie denn in zwei Tagen schon wieder zurück?«, rief dieser. »Ich glaubte Sie wohlbehalten jetzt in München. – Was ist Ihnen denn passiert?«

»Ich will Ihnen etwas sagen, Doktor«, erwiderte der Kommerzienrat mit einer finstern dumpfen Entschlossenheit in der Stimme, »und Ihnen auch, Dorothee – hat der Vetter schon gegessen?«

»Jawohl, Herr Kommerzienrat, ich danke Ihnen recht schön«, rief dieser und wand sich, froh so abzukommen, wie ein Ohrwurm zur Tür hinaus. Der Kommerzienrat sah ihm nach, bis er diese hinter sich ins Schloss gedrückt, und fuhr dann ruhig, aber mit vollkommen entschlossener Stimme fort:

»Gerade ehe Sie eintraten, Doktor, habe ich es der Dorothee gesagt, ich bin wieder da, und was mehr ist, ich gehe auch nicht wieder fort. Weshalb ich so rasch zurückgekommen bin, geht niemandem etwas an, es braucht mich auch niemand darum zu fragen, denn ich bin alt genug zu wissen, was mir gut und nützlich ist und was nicht. Sie haben mich doch alle beide verstanden?«

»Jawohl, bester Herr Kommerzienrat, aber –«

»Gut, dann bitte ich, dass jetzt die Türen hier zugeschlossen werden und niemand vor morgen früh hereingelassen wird.«

»Aber Sie müssen doch erst essen, Herr Kommerzienrat«, rief Dorothee in Schreck und Angst.

»Wenn ich hungrig bin, werde ich's schon sagen«, erwiderte dieser. »Haben Sie sonst noch etwas zu bemerken?«

»Nein, Herr Kommerzienrat, aber –«

»Schön – dann wünsche ich Ihnen und mir eine angenehme Ruh«, sagte Herr Mahlhuber und verschwand im nächsten Augenblick hinter der Kammertür, die er abschloss und dann den Nachtriegel vorschob.

»Er ist übergeschnappt!«, sagte der Doktor achselzuckend, indem er seinen Hut wieder aufsetzte und sich umdrehte, das Zimmer zu verlassen.

»Dann sind Sie daran schuld!«, rief Dorothee, die Arme in die Seite stemmend. »Denn Sie allein haben dem armen alten unglücklichen Manne so zugesetzt, bis er in aller Verzweiflung seine Heimat verlassen musste und hinaus in die Welt ging.«

»Die Dorothee ist auch übergeschnappt!«, sagte der Doktor, und verließ langsam und kopfschüttelnd das Haus.

Und der Kommerzienrat? – Lieber Leser, morgens um acht Uhr sitzt ein ganz behäbiger und für sein Alter noch ziemlich rüstiger Mann an dem offenen Fenster seiner Wohnstube, trinkt seinen Kaffee und liest mit großem Wohlbehagen aus der vor ihm aufgeschlagenen Zeitung die Berichte über das »Ausland«. Der Mann ist der Kommerzienrat Mahlhuber in Gidelsbach und befindet sich ganz außerordentlich wohl.

Biografie

1816   *10. Mai:* Friedrich Wilhelm Christian Gerstäcker kommt als Sohn des Tenors und Hofschauspielers Carl Friedrich und seiner Frau, der Operndiva Louise Friederike, geborene Herz, in Hamburg zur Welt.

1825   Nach dem Tod des Vaters zieht Gerstäcker zu seinem Onkel E. Schütz nach Braunschweig, wo er bis 1830 das Katharineum besucht.

1830   Gerstäcker zieht nach Leipzig und besucht dort die Nicolaischule.

1833   In Kassel macht er gegen seinen Willen eine Kaufmannslehre.

1835–37   Gerstäcker lässt sich in Döben bei Grimma zum Landwirt ausbilden.

1837   *März:* Gerstäcker wandert in die USA aus. Viele Reisen und verschiedene Tätigkeiten, die er aufnimmt um sich zu finanzieren, erlauben ihm, Land und Leute gründlich kennen zu lernen.

Robert Hellers Zeitschrift »Die Rosen« veröffentlicht Gerstäckers Reiseschilderungen, die er seiner Mutter schickte. Der Erfolg dieser Berichte veranlasst ihn später, sich ganz der Schriftstellerei zu widmen.

1843   *September:* Rückkehr in die Heimat.

1844   »Streif- und Jagdzüge durch die Vereinigten Staaten von Nordamerika« (2 Bände).

1846   Veröffentlichung von Gerstäckers Abenteuerroman »Die Regulatoren in Arkansas. Aus dem Waldleben Amerikas«, der zu einem seiner größten schriftstellerischen Erfolge zählt.

1847   Gerstäcker heiratet Anna Sauer. Aus dieser Ehe gehen drei Kinder hervor.

»Mississippibilder« (Erzählungen). Viele der Erzählungen wurden zuerst in der Zeitschrift »Die Gartenlaube« veröffentlicht.

1848   Einen weiteren Erfolg erzielt Gerstäcker mit dem dreibändigen Roman »Die Flußpiraten des Mississippi«.

1849–52	Weltreise über Südamerika, Kalifornien, Hawaii, Tahiti, Südostaustralien und Java.
1852	Rückkehr nach Leipzig.
1853	»Reisen« (5 Bände).
1854	Gerstäcker zieht in das Schloss Rosenau, wo er dauerhafter Gast von Herzog Ernst II von Coburg ist.
	»Aus zwei Weltteilen« (2 Bände).
	»Tahiti« (4 Bände).
1856	»Die beiden Sträflinge« (3 Bände).
1856–57	Der Erzählband »Unter Palmen und Buchen« erscheint.
1857	»Herrn Malhubers Reiseabenteuer« (Satire).
1858	In »Gold. Ein kalifornisches Lebensbild aus dem Jahre 1849« lässt er einmal mehr Eindrücke seiner zahlreichen Reisen einfließen.
1860/61	Reise durch südamerikanische Staaten.
	Tod seiner Frau Anna.
	»Unter dem Äquator« (3 Bände).
1862	Gerstäcker begleitet seinen Gönner Herzog Ernst II auf Reisen nach Ägypten und Eritrea. Nach der Rückkehr zieht er nach Gotha.
	»18 Monate in Südamerika und dessen deutschen Colonien«.
1863	Heirat mit Marie Louise van Gaasbeek, mit der er zwei Kinder bekommt.
1864	Das Drama »Der Wilderer« sowie die Romane »Im Busch« und »Die Colonie« erscheinen.
1866	Umzug nach Dresden.
1867/68	Veröffentlichung von »Zwei Republiken« (6 Bände), »Unter den Penchuenchen« (3 Bände) und »Die Missionäre« (3 Bände).
	Letzte große Reise, deren Erinnerungen Gerstäcker in »Neue Reisen durch die Vereinigten Staaten, Mexiko, Ecuador, Westindien, Venezuela.« (3 Bände) niederschreibt.
1869	Rückkehr in die Heimat. Nach seinen vielen Reisen wird Gerstäcker in Braunschweig sesshaft.
1870	Veröffentlichung von »Die Blauen und Gelben«.
1871	»In Mexiko« (4 Bände).
1872	»In Amerika« (3 Bände).

31. Mai: Tod Gerstäckers in Braunschweig. Seine Grabstätte befindet sich auf dem Magni-Friedhof.